www.ingramcontent.com/pod-product-compliance
Lightning Source LLC
LaVergne TN
LVHW010438070526
838199LV00066B/6073
9789358722291

ننھی جل پری

(بچوں کا ناولٹ)

ڈاکٹر سید حامد حسین

© Syed Hamid Hussain

Nanhi Jalpari *(Kids Novelette)*

By: Syed Hamid Hussain

Edition: September '2024

Publisher :

Taemeer Publications LLC (Michigan, USA / Hyderabad, India)

ISBN 978-93-5872-229-1

9 789358 722291

مصنفہ یاناشر کی پیشگی اجازت کے بغیر اس کتاب کا کوئی بھی حصہ کسی بھی شکل میں بشمول ویب سائٹ پر اَپ لوڈنگ کے لیے استعمال نہ کیا جائے۔ نیز اس کتاب پر کسی بھی قسم کے تنازع کو نمٹانے کا اختیار صرف حیدرآباد (تلنگانہ) کی عدلیہ کو ہوگا۔

© سید حامد حسین

کتاب	:	**ننھی جل پری (بچوں کا ناولٹ)**
مصنفہ	:	**ڈاکٹر سید حامد حسین**
صنف	:	ادب اطفال
ناشر	:	تعمیر پبلی کیشنز (حیدرآباد، انڈیا)
سالِ اشاعت	:	۲۰۲۴ء
صفحات	:	۴۶
سرورق ڈیزائن	:	تعمیر ویب ڈیزائن

ننھی جل پری

سمندر کے بیچوں بیچ جہاں پانی اتنا نیلا دکھائی دیتا تھا جتنا بارش کے بعد آسمان، اتنا شفاف جتنا کہ سب سے زیادہ قیمتی بلور اور اتنا گہرا کہ تلے اوپر ستّر منارے رکھ دیں تو بھی آخری منارے کا کلس سمندر کے باہر دکھائی نہ دے، سمندر کی تہ میں جل لوک کے باشندے رہتے تھے۔

لوگ سمجھتے ہیں کہ سمندر کی سطح کے نیچے پانی ہے یا پھر ریت لیکن ایسا نہیں ہے۔ اس دنیا میں پیڑ بھی ہیں اور پودے بھی۔ اور ان کی خوبصورتی کا تو آپ سوچ بھی نہیں سکتے۔ ان کی پتّیاں اور تنے اتنے نرم و نازک ہوتے ہیں کہ وہ پانی کی ذرا سی حرکت سے ہلنے لگتے ہیں جیسے وہ کوئی جاندار مخلوق ہوں۔ ان کی شاخوں کے بیچ چھوٹی بڑی مچھلیاں اس طرح تیرتی پھرتی ہیں جیسے درختوں کی پتّیوں کے درمیان پرندے اُڑتے پھرتے ہیں۔

سب سے زیادہ گہرے حصّے میں جل پریوں کے راجا کا محل ہے۔ اس محل کی دیواریں مونگے کی ہیں اور اس کی اونچی کھڑکیاں عنبر کی۔ چھت ایسی سیپیوں کی ہے جو موجوں کے ساتھ ساتھ کھلتی اور بند ہوتی رہتی ہیں۔ یہ سب بڑا خوبصورت لگتا ہے خاص طور پر اُن اَن گنت جگمگاتے موتیوں کی وجہ سے جو ان کھلتی بند ہوتی سیپیوں کے اندر سے دکھائی دیتے ہیں۔

جل پریوں کی رانی کی برسوں پہلے موت ہوگئی تھی۔ اب راجا کی بوڑھی ماں گھر کا کام کاج سنبھالتی ہے۔ بوڑھی مہارانی بڑی سمجھ دار ہے اور اسے اپنی عزت او حیثیت کا بڑا خیال ہے۔ اسی وجہ سے وہ اپنی دُم پر بارہ سیپیوں کا کنگن پہنتی ہے جبکہ دوسری جل پریوں کے کنگنوں میں زیادہ سے زیادہ چھے سیپیاں ہوتی ہیں۔

مہارانی کی سب اس وجہ سے اور زیادہ قدر کرتے ہیں کہ اس نے اپنی چھے پوتیوں یعنی جل لوک کی چھے ننھی شہزادیوں کی بڑی محنت سے پرورش کی ہے۔ اس جل لوک میں اتنی خوبصورت ننھی جل پریاں کسی نے کبھی نہیں دیکھی تھیں۔ ان سب میں بھی سب سے چھوٹی جل پری سب سے زیادہ حسین تھی۔ اس کے ہاتھوں کو چھوؤ تو ایسا لگتا تھا کہ وہ گلاب کی پنکھڑی سے زیادہ نرم و نازک ہوں۔ اس کی آنکھیں اتنی گہری تھیں جتنا کہ نیلا سمندر لیکن دوسری جل پریوں کی طرح اس کے پیر نہیں تھے ان کی جگہ پر کسی بھی مچھلی کی طرح اس کی ایک خوبصورت دُم تھی۔

سارے دن یہ ننھی جل پریاں۔ جل راجا کے محل کے دالانوں میں آنکھ مچولی کھیلتی رہتی تھیں۔ دالانوں کی دیواروں پر ہری ہری گھنی بیلیں چڑھی تھیں جن میں مچھلیاں چھپ جاتیں اور نکل کر بھاگنے لگتیں، جل پریاں ان کا پیچھا کرتیں اور پھر خود کسی دیوار کی اوٹ میں چھپ جاتیں۔ سنہری رنگ کے عنبر کی کھڑکیوں میں سے مچھلیاں اس طرح اندر باہر تیرتی رہتیں جیسے چڑیاں ہمارے کمروں میں اُڑتی ہوئی آجاتی ہیں اور باہر نکل جاتی ہیں۔ مچھلیوں اور جل پریوں میں گہری دوستی تھی۔ وہ تیرتے تیرتے جل پریوں کے پاس پہنچ جاتیں اور ان کے ہاتھ سے مزے دار کائی کے ٹکڑے لے جاتیں اور پھر ایک دوسرے سے انھیں چھین چھین کر کھانے کا کھیل کھیلتیں۔ جل پریاں مچھلیوں پر ہاتھ پھیرنا چاہتیں تو مچھلیاں ان سے ڈر کر نہیں بھاگتیں۔

سب سے چھوٹی جل پری کو ان انسانوں کی کہانیاں سننے میں بڑا مزا آتا تھا جو سمندر کے اوپر رہتے تھے۔ وہ اپنی دادی سے کرید کرید کر انسانوں کی دنیا کی باتیں پوچھا کرتی۔ جہازوں، شہروں، لوگوں اور زمین کے جانوروں کے بارے

ہیں۔ اسے یہ سن کر بڑی حیرت ہوتی کہ زمین کے پھولوں میں خوشبو ہوتی ہے کیونکہ سمندر کے پھول بلا خوشبو کے ہوتے تھے۔ دادی بتاتی کہ زمین کے درختوں کی شاخوں کے بیچ ایسی مچھلیاں تیرتی پھرتی ہیں جو سُریلی آواز میں گاتی ہیں۔ دراصل وہ پرندوں کی بات بتانا چاہتی تھی کیونکہ چھوٹی جل پریوں نے آج تک کوئی پرندہ نہیں دیکھا تھا تو وہ پرندے کی بات کیا سمجھتیں۔ دادی اُن سے کہتی "جب تم پندرہ سال کی ہو جاؤ گی تو تمھیں بھی سمندر کی سطح تک جانے کی اجازت مل جائے گی اور پھر تم چاندنی راتوں میں کنارے کی چٹانوں پر بیٹھ کر گزرتے ہوئے جہازوں کا نظارہ کر سکو گی اور لوگوں اور شہروں کو پہچان سکو گی۔"

اگلے سال سب سے بڑی بہن پندرہ سال کی ہو گئی۔ وہ بڑی خوش تھی کہ اسے سمندر کی سطح پر جانے کو ملے گا لیکن افسوس باقی ساری بہنوں پر ابھی بھی پابندی تھی۔ وہ ایک دوسرے سے سال سال بھر چھوٹی تھیں اور سب سے چھوٹی جل پری کو تو ابھی پانچ سال اور پانی کی سطح پر پہنچنے کے لیے انتظار کرنا تھا۔ بہرحال سب سے بڑی نے اپنی بہنوں سے وعدہ کیا کہ واپس آکر ساری باتیں پوری تفصیل سے سنائے گی۔

لیکن سب سے زیادہ بے چین سب سے چھوٹی جل پری تھی جسے سب سے زیادہ لمبا انتظار کرنا تھا۔ وہ اکثر رات کو کھڑکی میں سر ڈال کر کھڑی رہتی اور ٹکٹکی باندھے سمندر کی سطح کی طرف دیکھتی رہتی۔ وہ پانی میں سے چاند اور سورج کو نکلتا اور ڈوبتا دیکھتی۔ ان کی روشنی اسے پیلی پیلی لگتی اور وہ اُس سے زیادہ بڑے دکھائی دیتے جتنے کہ وہ اوپر والی دنیا کے لوگوں کو نظر آتے تھے۔ اگر ان کے اوپر سے کوئی سایا سا گزرتا دکھائی دیتا تو اسے پتا تھا کہ وہ یا تو کوئی بڑی وہیل ہو گی یا پھر انسانوں سے بھرا ہوا کوئی جہاز ہو گا جنھیں یہ معلوم بھی نہ ہو گا کہ اس کے ٹھیک نیچے ایک اور دنیا بسی ہوئی ہے جس میں جل پریاں رہتی ہیں۔

تو جل پریوں کی سب سے بڑی شہزادی کا سطح پر جانے کا دن آ ہی گیا جب

وہ واپس آئی تو اپنی بہنوں کو بتانے کے لیے اس کے پاس ہزاروں باتیں تھیں اسے سب سے زیادہ لطف اس وقت آیا تھا جب اس نے ریتیلے کنارے پر بیٹھ کر چاندنی میں قریب میں واقع ایک بڑے شہر کو دیکھا تھا۔ اس کی روشنیاں ستاروں کی طرح جگمگا رہی تھیں اور لوگوں کے گانے بجانے کی آواز آرہی تھی۔ اس نے دور سے لوگوں کے بولنے اور ان کی گاڑیوں کی کھڑکھڑاہٹ کی آواز بھی سنی تھی۔ اُس کے دل میں یہ خواہش پیدا ہوئی کہ وہ شہر کی زندگی کو پاس سے دیکھے لیکن اس کے پاس پاؤں کہاں تھے جو وہ وہاں تک چل کر جاتی۔

پھر اگلے سال دوسری جل پری کی اتنی عمر ہوگئی کہ وہ سمندر کی سطح پر نکل سکے۔ جب اس نے سطح سے باہر سر نکالا تو اس وقت سورج ڈوب رہا تھا۔ یہ منظر اُسے اس قدر بھایا کہ اس نے سوچا کہ اس سے زیادہ خوبصورت دنیا کا کوئی نظارہ ہو ہی نہیں سکتا۔ اس نے اپنی بہنوں کو بتایا کہ سارا آسمان ڈوبتے ہوئے سورج کی کرنوں سے سنہری ہوگیا تھا اور بادلوں کی خوبصورتی تو بیان ہی نہیں کی جاسکتی۔ کبھی ان کی رنگت لال ہو جاتی۔ کبھی بینگنی اور کبھی بادل کے یہ ٹکڑے تیزی سے سر کے اوپر سے نکل جاتے اور اس سے زیادہ تیزی کے ساتھ ہنسوں کا ایک جھنڈ وہاں اُتر رہا تھا جہاں سورج غروب ہو رہا تھا۔ وہ انھیں دیکھ ہی رہی تھی کہ سورج چھپ گیا اور دھیرے دھیرے پانی کی سطح پر پھیلی اور بادلوں کے کناروں سے پھوٹنے والی چمک دار گلابی روشنی بھی بجھ گئی۔

اس کے بعد تیسری بہن کی اوپر والی دنیا دیکھنے کی باری آئی۔ وہ بہنوں میں سب سے زیادہ ہمت والی تھی۔ اس لیے اس نے سمندر کو چھوڑ کر سمندر میں ملنے والی ندی کے اندر بھی جاکر دیکھنے کی ٹھانی۔ اسے ندی کے کنارے ہری پہاڑیاں دکھائی دیں جو درختوں اور انگور کے باغوں سے ڈھکی ہوئی تھیں اور ان کے بیچ بیچ میں مکان اور قلعے کھڑے تھے۔ اس نے چہچہاتے پرندوں کی آواز سُنی۔ دھوپ اتنی تیز تھی کہ اس کا چہرہ جلنے لگا اور اُسے بار بار دریا میں غوطہ لگا کر اپنے چہرے کو

ٹھنڈا کرنا پڑتا۔ دریا میں ایک جگہ جہاں کنارے میں کٹاؤ تھا اُسے کئی بچے نہاتے اور پانی میں کھیلتے کودتے ملے۔ لیکن اسے دیکھتے ہی وہ ڈر کر بھاگ گئے۔ اور ان کے ساتھ کا ایک کالا جانور اتنی زور زور سے بھونکنے لگا کہ جل پری خود بھی ڈر گئی اور سمندر میں لوٹ آئی۔ پھر بھی وہ ہرے بھرے جنگلوں اور پہاڑیوں اور ان خوبصورت بچوں کو بھلا نہیں سکی جن کے مچھلیوں کی طرح پر نہیں تھے پھر بھی وہ ندی میں نڈر ہو کر تیرتے پھر رہے تھے۔

چوتھی بہن میں اتنی ہمت نہیں تھی اور وہ سمندر کے اندر ہی رہی۔ لوٹ کر اس نے بتایا کہ دور تک پھیلی ہوئی سمندر کی سطح سے زیادہ کوئی چیز خوبصورت نہیں ہو سکتی۔ اسے بڑے بڑے بادبانوں والے جہاز نظر آئے جو اتنی دور تھے کہ سمندری بگلوں کی طرح دکھائی دیتے تھے۔ اس نے سمندر میں اُچھلتی ہوئی ڈالفن مچھلیوں کے کھیل کو بھی دیکھا۔ پھر اسے بڑی بڑی وھیل مچھلیاں بھی نظر آئیں جو سانس لیتی تھیں تو ہوا میں اونچے اونچے فوارے اُٹھتے تھے۔

اس کے اگلے سال پانچویں بہن پندرہ سال کی ہو گئی لیکن اس کی سالگرہ باقی بہنوں سے الگ موسم میں پڑتی تھی اسے جاڑے میں اوپر کی دنیا دیکھنے کی اجازت ملی۔ اس وقت سمندر کا رنگ ہرا پڑ گیا تھا اور سمندر کی سطح پر برف کی بڑی بڑی چٹانیں تیرتی پھر رہی تھیں۔ وہ ان میں سے ایک چٹان پر بیٹھ گئی لیکن تب ہی تیز ہوا چلنے لگی اور آس پاس کے جہازوں نے اپنے بادبان تان لیے اور ڈر کر جتنی تیزی ممکن ہو سکا وہاں سے نکل گئے۔ شام کو پھر سمندر کی سطح پر بادبان چڑھائے جہاز ہر طرف پھیل گئے لیکن جلد ہی آندھی چلنے لگی اور برف کی چٹانیں اُٹھتی گرتی موجوں کے ساتھ اونچی نیچی ہونے لگیں۔ بادلوں میں بجلی چمکنے لگی اور کڑک سنائی دینے لگی۔ جہازوں کے بادبان جلدی جلدی اُتار لیے گئے اور جہاز پر سوار لوگ ڈر کر ادھر اُدھر دوڑنے لگے لیکن جل پری اپنی برف کی چٹان پر بیٹھی آسمان میں کئی کئی شاخوں میں پھیل کر چمکتی بجلی کا تماشا دیکھتی رہی۔

جب یہ بہنیں پہلے پہل پانی کی سطح پر آئی تھیں تو اتنی بہت ساری نئی، انوکھی اور خوبصورت چیزوں نے ان پر جادو سا کر دیا تھا لیکن جلد ہی ان چیزوں کا نیا پن جاتا رہا اور ان جل پریوں کو اوپر کی دنیا سے اپنا محل کہیں زیادہ بھلا لگنے لگا کیونکہ وہ چیزیں جو انھیں سب سے زیادہ بھاتی تھیں وہ ان کے محل کے علاوہ اور کہیں نہ تھیں۔

کئی دنوں تک ہر شام یہ پانچوں جل پریاں ایک ساتھ ایک دوسرے کا ہاتھ پکڑے ہوئے سمندر کی تہ سے تیرتی ہوئی سمندر کی سطح کی طرف آئیں اور جب کسی طوفان کو آتا دیکھتیں تو یہ جہازوں کے آگے تیرتے ہوئے اس طرح چلتیں کہ طوفانی موجوں کے تھپیڑے کمزور پڑ جاتے اور جہاز نقصان پہنچنے سے محفوظ رہتے۔ وہ میٹھے سُروں میں گانا گاتیں۔ جس میں سمندر کی تہ میں رہنے والوں کی خوشیوں کا بیان ہوتا۔ وہ جہاز والوں سے کہتیں کہ نڈر ہو کر ان کے ساتھ سمندر کے اندر چلیں لیکن جہاز والے ان کی بات نہیں سمجھ پاتے۔ انھیں تو بس ایسا لگتا کہ جیسے ہوا سرسرا رہی ہو۔

لیکن جس وقت باقی پانچ بہنیں سطح پر سیر کر رہی ہوتیں، چھوٹی شہزادی سمندر کے نیچے اپنے محل میں تنہا بیٹھی ہوتی اور یہ سوچ سوچ کر افسوس کر رہی ہوتی کہ کس طرح اس کی بہنیں پانی کی سطح پر لطف لے رہی ہوں گی اور کنارے پر بسے شہروں کی زندگی کا نظارہ کر رہی ہوں گی۔

بالآخر ایک برس بعد وہ وقت بھی آ گیا جب ننھی شہزادی بھی پندرہ سال کی ہو گئی۔ دادی نے اس سے کہا، ''آؤ، میں تمھیں بھی تمھاری بہنوں کی طرح سجا دوں۔'' اس نے شہزادی کے بالوں میں سفید پھول گوندھے اور اس کی دُم میں آٹھ بڑی سیپیوں کا ہار پہنایا۔ ننھی شہزادی نے اپنی دُم ہلائی اور بولی ''دادی یہ تو بہت بھاری ہے''، دادی نے سمجھایا ''اگر سج دھج کر نکلنا ہے تو تھوڑی بہت تکلیف بھی برداشت کرنا پڑتی ہے''، ننھی جل پری کو بھی اب زیادہ صبر نہ تھا۔ جیسے ہی دادی نے سجاوٹ پوری کی وہ خدا حافظ کہتی ہوئی اتنی تیزی سے سطح کی طرف لپک پڑی جیسے وہ سمندر

کے جھاگ کا ایک چھوٹا سا ٹکڑا ہو۔

جس وقت وہ سطح پر پہنچی تو اسی وقت سورج ڈوبا تھا اور بادل سورج کی آخری سنہری کرنوں سے ابھی بھی جگمگا رہے تھے۔ شام کا ستارہ ہلکے دھندلکے میں ٹمٹما رہا تھا۔ ہوا آہستہ آہستہ چل رہی تھی اور سمندر ایسا ٹھہرا ہوا تھا جیسے کوئی آئینہ ہو۔

ایک بڑا جہاز سمندر کے پرسکون پانی میں کھڑا تھا۔ اس کا صرف ایک بادبان آہستہ آہستہ پھڑپھڑا رہا تھا۔ جہاز میں سے لوگوں کے گانے اور بجانے کی آوازیں آرہی تھیں۔ اندھیرا ہوتے ہی جہاز پر ہر طرف چراغ ہی چراغ جگمگانے لگے۔

ننھی جل پری تیرتی ہوئی جہاز کے پاس پہنچ گئی۔ جب اٹھتی گرتی لہروں کے ساتھ جہاز نیچے آتا تو جہاز کی کھڑکیوں میں سے اندر کا نظارہ دکھائی دیتا جل پری نے دیکھا کہ اندر خوبصورت لباس پہنے بہت سارے لوگ جمع ہیں لیکن ان میں سب سے زیادہ دلکش ایک نوجوان شہزادہ تھا جس کی بڑی بڑی کالی آنکھیں تھیں۔ اس کی عمر پندرہ سال سے زیادہ نہ ہوگی اور جہاز میں غالباً اس کی سالگرہ منائی جارہی تھی۔ لوگ ناچتے ہوئے جہاز کے اوپری حصے پر نکل آئے۔ جیسے ہی شہزادہ باہر آیا، آتش بازی چھوڑی جانے لگی۔ اس کے دھماکوں سے جل پری ڈر گئی اور کچھ دیر کے لیے اس نے اپنا سر پانی میں چھپا لیا۔ جب اس نے باہر نکل کر دوبارہ جہاز پر نظر ڈالی تو دیکھا چاروں طرف تیز روشنی کر دی گئی ہے۔ لوگ گا، بجا اور ہنس کھلکھلا رہے ہیں اور شہزادے سے ہاتھ ملا کر مبارکباد دے رہے ہیں۔ یہ سلسلہ دیر رات تک چلتا رہا۔ کسی نے یہ بھی نہ دیکھا کہ طوفان کے آثار پیدا ہو رہے ہیں۔ یہاں تک کہ تیز ہوا چلنے لگی۔ سمندر میں اونچی اونچی لہریں اٹھنے لگیں۔ آسمان پر کالے بادل چھا گئے۔ بجلی چمکنے لگی۔ کڑک ہونے لگی اور سمندر کے طوفانی ہچکولوں میں جہاز اس طرح اچھلنے لگا جیسے وہ کوئی معمولی سی کشتی ہو۔

ننھی جل پری کو اس تماشے میں بڑا مزا آرہا تھا لیکن جہاز میں سوار لوگوں کا حال ہی دوسرا تھا۔ جہاز بیچ میں سے پھٹ گیا۔ بادبانوں کے موٹے موٹے کھمبے ہولسے جھک گئے اور پھر ٹوٹ گئے۔ تھوڑی دیر میں جہاز پلٹ گیا اور اس میں پانی بھر گیا۔ ننھی جل پری کو اب احساس ہوا کہ جہاز والوں کی جانوں کو خطرہ ہے۔ جہاز کے ٹوٹ کر بہتے ہوئے تختوں اور بانسوں کے ٹکڑوں سے خود جل پری کو اپنے گھائل ہونے کا ڈر لگنے لگا۔

ہر طرف گھٹا ٹوپ اندھیرا ہو گیا تھا۔ بجلی کی چمک میں یہ دکھائی دے رہا تھا کہ جہاز پوری طرح تباہ ہو چکا ہے ننھی جل پری کی آنکھیں شہزادے کو تلاش کر رہی تھیں لیکن وہ کہیں نہ تھا۔ اور یہ کیا؟ جہاز اب آہستہ آہستہ سمندر کے اندر ڈوب رہا تھا پہلے تو اسے خوشی ہوئی کہ جہاز ڈوب کر سمندر کی تہ میں اس کے محل کے پاس جا بیٹھے گا اور وہ اپنی ہم جولیوں کے ساتھ جہاز کے کمروں میں آنکھ مچولی کا کھیل کھیلا کرے گی لیکن جیسے ہی اسے یہ یاد آیا کہ انسان پانی میں ڈوب کر زندہ نہیں رہ سکتے وہ شہزادے کا سوچ کر گھبرا گئی۔

"اسے مرنا نہیں چاہیے" اس نے پکے ارادے کے ساتھ کہا۔ اور وہ تیزی کے ساتھ ٹوٹے ہوئے جہاز کے ملبے میں شہزادے کو تلاش کرنے لگی۔ آخر وہ مل ہی گیا۔ بیہوش اور بدحال۔ ننھی جل پری نے بڑی مشکل سے اُسے سنبھالا اور پانی کی سطح پر لے آئی۔ وہ شہزادے کو کسی محفوظ مقام پر لے جانا چاہتی تھی۔ اُسے سامنے سمندر کے کنارے میں ایک ٹاپو نظر آیا جو گھنے درختوں سے گھرا ہوا تھا اور اونچی اونچی چٹانیں اس کے سامنے جس طرح دیوار کی طرح کھڑی تھیں اس سے طوفانی موجوں کے تھپیڑے بھی اُتنے شدید نہ تھے۔

ساحل تک تو ننھی جل پری بیہوش شہزادے کو لے آئی لیکن اسے پانی سے باہر نکال کر خشک زمین پر لٹانا اس کے بس کا نہ تھا۔ وہ شہزادے کو ہاتھوں میں تھام تو سکتی تھی لیکن اس کے پیر کہاں تھے کہ وہ چل کر پانی کے باہر ساحل پر جا سکے جس

طرح سے بھی ہوا اس نے شہزادے کو گھسیٹ کر کنارے تک پہنچایا اور پھر شہزادے کا سر اپنی گود میں لے کر بیٹھ گئی تاکہ لہروں کے تھپیڑوں سے پانی اُس کے نتھنوں اور منہ میں نہ بھر جائے۔ وہ ساری رات اسی حالت میں سمندر کے بیٹھی رہی یہاں تک کہ صبح کی روشنی مشرق میں پھیلنے لگی۔ درختوں کے پیچھے ایک عبادت خانہ تھا جل پری نے دیکھا کہ عبادت کے لیے لڑکیوں کا ایک گروہ اس طرف آرہا ہے۔ اسے یقین ہوا کہ یہ لڑکیاں ضرور شہزادے کو سمندر سے باہر نکال لیں گی۔ یہ سوچ کر اس نے شہزادے کا سر اپنی گود سے اٹھا کر نیچے ریت پر رکھ دیا اور آہستہ سے پھسل کر سمندر کے اندر چلی گئی اور چٹانوں کے پیچھے چھپ کر دیکھنے لگی کہ کیا ہوتا ہے۔ اس کا خیال صحیح نکلا شہزادے پر لڑکیوں کی نظر پڑی۔ انھوں نے مل کر اسے اٹھایا اور قریب ہی ایک سوکھی چٹان پر اسے لٹانے لگیں۔ تب ہی شہزادے کو ہوش آگیا اور وہ اٹھ کر کھڑا ہو گیا۔ جل پری نے اسے صحیح وسلامت دیکھ کر اطمینان کا سانس لیا اور غوطہ لگا کر سمندر کی تہ میں چلی گئی۔

اس کے بعد ننھی جل پری روز پانی کی سطح پر آنے لگی لیکن اس کی آنکھیں اس شہزادے کو تلاش کرتی رہتیں جس کی اس نے جان بچائی تھی۔ ایک دن وہ تیرتے تیرتے زمین کے کنارے بہت نزدیک آگئی۔ وہاں ایک بڑا اور خوبصورت سنگِ مرمر کا محل کھڑا تھا جو شاید کسی بادشاہ کا تھا۔ زرق برق لباس میں نوکر چاکر کسی قسم کی تیاری میں مصروف تھے۔ شاید کوئی تقریب تھی۔ تھوڑی دیر میں اور بھی بڑھیا لباس میں لوگ آنا شروع ہوئے ننھی جل پری نے دیکھا کہ وہی شہزادہ جسے اس کی آنکھیں تلاش کر رہی تھیں بڑھ بڑھ کر سب کا استقبال کر رہا ہے۔

ننھی جل پری کو اب پتا چل گیا کہ شہزادہ کہاں رہتا ہے۔ اب وہ روز وہاں آنے لگی۔ وہ اکثر زمین کے اتنے قریب چلی جاتی جتنی اس کی بہنوں کو کبھی ہمت بھی نہیں ہوئی تھی۔ کبھی کبھی تو وہ اس پتلی نہر کے اندر بھی تیرتی ہوئی داخل ہو جاتی جو سنگ مرمر کی بالکنی کے نیچے سے بہتی تھی۔ وہاں سے وہ چاندنی رات میں شہزادے کو دیکھا کرتی تھی جو یہ سمجھتا تھا کہ وہ اکیلا بیٹھا ہے۔

کبھی کبھی وہ شہزادے کو اپنی رنگ برنگی جھنڈیوں سے سجی ہوئی کشتی میں سمندر کی سیر کرتے ہوئے دیکھتی۔ اس وقت وہ کنارے کے ساتھ ساتھ اُگے ہوئے ہرے ہرے نرکلوں کے پیچھے چھپ جاتی اور شہزادے کو بولتا سنتی رہتی۔ کبھی کبھی اُسے لائٹ ہاؤس کے پاس جال ڈال کر مچھلیاں پکڑتے مچھیرے مل جاتے اور ان کے منہ سے شہزادے کے کارناموں کے بارے میں سنتی۔ تب وہ یہ سوچ کر خوش ہوتی کہ اس نے شہزادے کی جان بچائی۔

انسانوں میں ننھی جل پری کی دلچسپی دن بہ دن بڑھنے لگی اور اس کا جی چاہنے لگا کہ وہ بھی ان جیسی ہو جائے۔ اس نے محسوس کیا کہ انسانوں کی دنیا سمندر میں رہنے والوں کی دنیا سے بہت بڑی ہے۔ انسان سمندروں پر اپنے جہازوں میں اڑتے پھرتے ہیں۔ وہ بادلوں کو چھونے والے اونچے اونچے پہاڑوں پر چڑھ جاتے ہیں اور ان کے قبضے میں جو درختوں سے ڈھکی زمین ہے وہ وہاں تک پھیلی ہوئی ہے۔ جہاں تک کہ کسی جل پری کی نظر پہنچ سکتی ہے۔

ننھی جل پری کے دماغ میں انسانوں کے بارے میں طرح طرح کے سوال اٹھتے تھے لیکن وہ ان کے بارے میں پوچھتے ڈرتی۔ پھر بھی ایک روز اس نے اپنی دادی سے پوچھ ہی لیا "کیا سمندر کی تہ میں رہنے والے ہم لوگوں کی طرح انسان مرتے نہیں؟" دادی نے اسے بتایا "ہاں وہ بھی ہماری طرح مرتے ہیں بلکہ ان کی زندگی تو ہم سے بھی کم ہوتی ہے۔ ہم تین سو سال تک زندہ رہتے ہیں اور جب مرتے ہیں تو سمندر کا جھاگ بن جاتے ہیں۔ ہم اَمر نہیں ہیں۔ ہم گھاس کی طرح ہیں جسے کاٹ دو تو وہ مُرجھا جاتی ہے لیکن اس کے برخلاف انسانوں میں روح ہوتی ہے جو اس وقت بھی باقی رہتی جب ان کے جسم مٹی ہو جاتے ہیں۔"

"ہم میں روح کیوں نہیں ہوتی؟" ننھی جل پری نے پوچھا "میں تو انسانوں کی ایک دن کی زندگی کے بدلے میں اپنی تین سو سال کی زندگی چھوڑ دوں۔"

"ہمیں ایسا سوچنا بھی نہیں چاہیے۔" دادی نے اسے ڈانٹا "ہم جیسے ہیں اچھے

ہیں۔ ہماری عمر بڑی لمبی ہوتی ہے اور ہم انسانوں سے کئی گنا سکھی ہیں۔"

"یعنی ہمیں مر کر جھاگ بن جانا چاہیے اور ہمیشہ سمندر کے تھپیڑے کھاتے رہنا چاہیے۔ میری پیاری دادی جان!"۔ اس نے خوشامد کرتے ہوئے پوچھا "کیا کوئی طریقہ ایسا نہیں ہوسکتا کہ مجھے بھی امر آتما مل جائے!"

"نہیں" اس کی بوڑھی دادی نے جواب دیا۔ "لیکن ایک بات ہے اگر تجھے کسی انسان کا ایسا پیار ملے کہ وہ تجھے اپنے ماں باپ سے زیادہ چاہنے لگے اور وہ تجھے ہمیشہ ہمیشہ کے لیے اپنا جیون ساتھی مان لے تو پھر اس کی روح تجھ میں بھی اُتر سکتی ہے اور تجھے انسانوں کی زندگی کی خوشیاں مل سکتی ہیں لیکن ایسا ہونا ممکن نہیں کیونکہ ہمارے جسم کا وہ حصّہ جسے ہم اپنی سب سے بڑی خوبصورتی مانتے ہیں یعنی ہماری دُم وہ انسانوں کی نظر سے بے حد گھناؤنی ہوتی ہے وہ تو لکڑی جیسی دو ٹانگوں کو پسند کرتے ہیں۔"

ننھی جل پری نے اپنے جسم پر ابھرے ہوئے سفید سپنوں کو دیکھ کر ٹھنڈی سانس بھری۔ اس کے سمجھ میں نہیں آیا کہ ایسی چمک دار اور خوبصورت شکل کو کوئی ناپسند کس طرح کرسکتا ہے۔

"اس میں دُکھی ہونے کی کیا بات ہے"۔ دادی نے اسے سمجھایا "ہم لوگ اپنی اسی حالت میں بے حد خوش ہیں۔ دیکھو اپنی اسی شکل کی وجہ سے ہم کتنی آسانی سے سمندر میں تیر سکتے ہیں۔ نہ گہرائی سے ہمارے لیے کوئی خطرہ ہے اور نہ طوفانوں سے ہمیں کوئی نقصان پہنچ سکتا ہے اور تین سو سال تک سمندر کی لہروں کے بیچ تیرتے پھرنا کتنی خوشی کی بات ہے، یہ کتنا لمبا عرصہ ہوتا ہے تم سوچ بھی نہیں سکتیں اور جب موت آتی ہے تو ایک دم سکون۔"

بوڑھی دادی نے اپنی پوتیوں کے بڑے ہو جانے کی خوشی میں اس شام جل پریوں کی پارٹی رکھی تھی۔ اس شاندار پارٹی میں طرح طرح کی چھوٹی بڑی، تیز طرار، رنگ برنگی مچھلیاں بھی بلائی گئی تھیں۔ سب ہی پارٹی کا لطف لے رہے تھے لیکن ننھی جل پری کا دھیان بار بار اوپر کی دنیا کی طرف جاتا اور وہ اپنے آس پاس

کے ماحول سے غافل ہو جاتی تھی۔ وہ اس حسین شہزادے کو بھلا نہیں پاتی تھی جس کی زندگی اس نے بچائی تھی اور اب تو اس کو ایک اور دکھ بھی تھا یعنی وہ امر آتما کی مالک نہیں ہے۔ اب تو اسے پارٹی بھی پھیکی پھیکی لگنے لگی اور وہ پارٹی چھوڑ کر چپکے سے محل سے باہر نکل آئی اور اپنے باغ میں آکر اکیلی بیٹھ گئی۔

اسی وقت اسے دور سے پانی میں سے ہوتے ہوئے ڈھول اور تاشوں بگل اور ہارن کی آواز آئی۔ اس نے اپنے سے کہا: ضرور شہزادہ شکار کے لیے روانہ ہو رہا ہے، وہ شہزادہ جسے وہ اپنے ماں باپ سے زیادہ چاہنے لگی تھی اور جو اب برابر اس کے خیالوں میں بسا ہوا تھا۔ اس نے ارادہ کر لیا کہ وہ شہزادے کو جیتنے اور ہمیشہ باقی رہنے والی روح کو حاصل کرنے کے لیے اپنا سب کچھ داؤ پر لگا دے گی۔

اس کی دوسری بہنیں محل کے اندر ناچنے گانے میں مصروف تھیں۔ اس نے سوچا کہ یہی وقت غنیمت ہے کہ وہ جادوگرنی کے پاس جائے جس کے سایے سے بھی ساری جل پریاں ڈرتی تھیں لیکن ناممکن کو ممکن بنانے کی دوا اگر کسی کے پاس تھی تو وہ صرف اسی جادوگرنی کے پاس تھی۔

جادوگرنی بھیانک بھنور کے پرے رہا کرتی تھی۔ ننھی جل پری آج تک اس بھنور کی دوسری طرف کبھی نہیں گئی اور نہ اسے معلوم تھا کہ اس طرف کیا ہے۔ ڈرتے ڈرتے، بھنور کی تیز چکر کھاتی لہروں سے بچتی بچاتی، جب وہ بھنور سے اٹھنے والے جھاگ اور پھوہار کی چادر کو پار کر کے دوسری جانب پہنچی تو وہاں کی ویرانی دیکھ کر کانپ اٹھی۔ وہاں نہ سمندری گھاس تھی اور نہ کسی قسم کے پھول۔ وہ ننھی ننھی چمک دار مچھلیاں جو جل پریوں کے محل کو ہر وقت گھیرے رہتی تھیں، ان میں سے ایک بھی کہیں نظر نہ آتی تھی۔ آگے بڑھی تو اسے وہ جلتی ہوئی دلدل ملی جس میں گزرتے ہوئے اسے لگا کہ اس کا سارا جسم جھلس جائے گا اس کے آگے وہ ٹیلا تھا جس پر جادوگرنی کی کٹیا تھی۔ کٹیا کے چاروں طرف ڈراؤنی جھاڑیوں کی ایک باڑھ تھی۔ ہر جھاڑی کی پچاس پچاس شاخیں تھیں جو پانی میں اس

طرح لہرا رہی تھیں جیسے سو سو سر والے سانپ ہوں۔ ان چپچپاتی شاخوں کے سروں پر گھناؤنے کیڑے بل بل کر رہے تھے جو چیز بھی ان شاخوں کے پاس سے گزرنا چاہتی، یہ شاخیں اس سے لپٹ جاتیں اور کیڑے اسے نوچنے لگتے۔

ننھی جل پری ان خوفناک جھاڑیوں کو دیکھ کر ٹھٹھک گئی۔ اس کا دل دھڑکنے لگا۔ وہ یقیناً واپس بھاگ کھڑی ہوتی اگر اسے شہزادے اور کبھی فنا نہ ہونے والی روح کی بات یاد نہ آتی۔ اس نے جلدی جلدی اپنے پھیلے ہوئے لمبے لمبے بالوں کا جوڑا باندھا تاکہ بالوں کی کوئی لٹ ان خطرناک شاخوں کی پکڑ میں نہ آجائے۔ اسی طرح اس نے اپنے ہاتھ کس کر اپنے سینے میں باندھ لیے اور پھر سانس روک کر تیر کی طرح تیزی سے ان جھاڑیوں کے درمیان سے تیرتی ہوئی نکل گئی۔ جب وہ جھاڑیوں میں گزر رہی تھی تو اس نے دیکھا کہ ان شاخوں نے بہت سارے انسانی ڈھانچوں کو اپنی جکڑ میں لے رکھا ہے۔ ظاہر ہے یہ وہ لوگ تھے جو سمندر میں ڈوب گئے تھے اور تہ میں بیٹھنے سے پہلے ان خونخوار جھاڑیوں کی پکڑ میں آگئے تھے انھیں میں ایک چھوٹی جل پری کا بھی ڈھانچا تھا جو کسی وقت شاید بھٹک کر ادھر آنکلی تھی اور ان جھاڑیوں کا شکار بن گئی۔ اس غریب جل پری کا حشر دیکھ کر ننھی جل پری کے جسم میں تھرتھری آگئی اور اس نے اپنی آنکھیں بند کرلیں۔

جب اس نے آنکھیں کھولیں تو وہ جھاڑیوں کی زد سے باہر آچکی تھی اور سامنے چپچپاتی کیچڑ سے بنی جادوگرنی کی کٹیا تھی جس کی چھت اور دروازے ان لوگوں کی ہڈیوں سے بنائے گئے تھے جو سمندر میں ڈوب گئے تھے۔ کٹیا میں ہر جگہ دیواروں، چھت اور فرش پر گھناؤنے چھوٹے بڑے گھونگھے چل رہے تھے۔ جادوگرنی بیٹھی ایک بڑے سے مینڈک پر اس طرح ہاتھ پھیر کر خوش ہو رہی تھی جیسے کوئی انسان اپنے پالتو بلی یا کتے پر ہاتھ پھیر کر لطف لیتا ہے۔

"مجھے معلوم ہے کہ تم مجھ سے ملنے کس لیے آئی ہو"، جادوگرنی نے ننھی جل پری سے کہا۔ "تمھاری خواہش بڑی بے وقوفی کی ہے لیکن اسے ضرور پورا

ہونا چاہیے۔ حالانکہ ایسا کرنے میں میری پیاری شہزادی، تمھارے لیے بڑی پریشانی اور دکھ ہے۔ تم یہ چاہتی ہو کہ تمھیں اپنی دُم سے چھٹکارا مل جائے اور اس کی جگہ انسانوں کی طرح تمھاری دو بیسا کھیوں جیسی ٹانگیں ہوں۔ یہ اس لیے کہ تمھیں ایک نوجوان شہزادہ چاہنے لگے اور تم ایسی روح حاصل کر سکو جو کبھی فنا نہیں ہوتی۔ یہی بات ہے نا؟،،

یہ بات کرتے کرتے وہ اتنے زور سے ہنسی کہ اس کی گود میں بیٹھے ہوئے اس کے پالتو گھونگھے اور مینڈک نیچے گر پڑے۔

،،تم بالکل صحیح وقت پر آئی ہو،، جادوگرنی نے کہا۔ اگر تم سورج غروب ہونے کے بعد آتیں تو پھر یہ مناسب گھڑی نکل جاتی اور میں ایک سال تک تمھاری کوئی مدد نہیں کر پاتی۔ میں تمھیں ایک دوا تیار کر کے دوں گی۔ تم اسے لے کر زمین پر جانا اور سمندر کے کنارے بیٹھ کر اسے پی لینا۔ اس سے تمھاری دم جھڑ جائے گی اور تمھارا جسم سکڑ کر وہ حصے نکل آئیں گے جنھیں انسان ٹانگیں کہتا ہے لیکن یہ تبدیلی تمھارے لیے بڑی تکلیف دہ ہوگی۔ تمھیں ایسا لگے گا جیسے کوئی تمھارے جسم کو بیچ میں سے تلوار سے چیر کر دو ٹانگیں نکال رہا ہو۔ لیکن جب یہ تبدیلی پوری ہو جائے گی تو جو بھی انسان تمھیں دیکھے گا وہ یہی کہے گا کہ آج تک اتنی حسین مخلوق دیکھنے میں نہیں آئی۔ تمھاری چال میں وہ شان ہوگی کہ کوئی تمھارا مقابلہ نہ کر سکے گا لیکن یاد رکھو کہ ایک ایک قدم جو تم رکھو گی وہ تمھیں اتنی شدید تکلیف پہنچائے گا کہ تم اسے برداشت نہ کر پاؤ گی۔ تمھیں ایسا لگے گا کہ تم تلوار کی دھار پر چل رہی ہو۔ کیا تم یہ ساری تکلیف برداشت کر لو گی۔ اگر ایسا ہے تو پھر میں تمھارے لیے دوا تیار کرتی ہوں،،۔

،،ہاں میں سب کچھ برداشت کر لوں گی،، ننھی جل پری نے کانپتی ہوئی آواز میں کہا کیونکہ اس کے دماغ میں تو اس شہزادے کا چہرہ تھا اور وہ نہ فنا ہونے والی روح تھی۔ جن دو چیزوں کو وہ کسی بھی قیمت پر حاصل کرنا چاہتی تھی۔

،،یہ سوچ لو کہ ایک بار انسان بن گئیں تو پھر کبھی جل پری نہیں بن سکو گی،،

جادوگرنی نے اُسے آگاہ کیا، "تم اپنی بہنوں سے پھر نہ مل سکوگی اور نہ اپنے باپ کے محل میں لوٹ سکوگی اور جب تک تم شہزادے کے دل و دماغ پر اتنا نہ چھا جاؤگی کہ وہ تمھارے لیے اپنے ماں باپ کو چھوڑ دے اور جب تک وہ تمھیں ہمیشہ ہمیشہ کے لیے نہیں اپنائے گا۔ تمھیں وہ فنا نہ ہونے والی روح بھی نہیں مل پائے گی جس کی تم تمنا کرتی ہو۔ جس دن تمھاری بجائے اس نے کسی اور کو اپنا لیا، اس کا اگلا دن تمھاری زندگی کا آخری دن ہوگا۔ تمھارا دل دکھ سے پھٹ جائے گا اور تم سمندر کا جھاگ بن جاؤگی۔"

"پھر بھی میں یہ سب حاصل کرنے کی کوشش کروں گی۔" ننھی جل پری نے اس طرح کانپتے ہوئے سوکھے منہ سے کہا جیسے اس کی جان نکل رہی ہو۔

"پھر تم یہ بھی جان لو کہ میں کوئی کام مفت میں نہیں کیا کرتی اور اس کام کے بدلے میں جو چیز چاہوں گی وہ کوئی معمولی شے نہ ہوگی۔ سارے سمندر کے باشندوں میں تمھاری آواز سب سے زیادہ سُریلی ہے اور اسی آواز سے تم شہزادے کا دل جیتنا چاہتی ہو، اور یہی آواز میں بدلے میں لینا چاہتی ہوں۔ اپنی جادوئی دوا کے معاوضے میں میں تم سے تمھاری سب سے اچھی چیز کی مانگ کرتی ہوں کیونکہ اس دوا کو تیار کرنے اور اس میں دو دھاری تلوار کی تیزی پیدا کرنے کے لیے مجھے اپنا خون شامل کرنا پڑے گا۔"

"لیکن،" جل پری نے کہا، "اگر تم مجھ سے میری آواز چھین لوگی تو پھر میں اپنے شہزادے کو کس طرح اپنا بنا سکوں گی؟"

"تمھارے پاس،" جادوگرنی نے کہا "تمھاری دلفریب شکل ہے تمھاری دھیمی چال ہے، تمھاری بولتی آنکھیں ہیں۔ ان سب سے تم کسی بھی انسان کو پاگل بنا سکتی ہو۔ تو بولو ہمت ہے؟ اگر ہاں تو پھر اپنی زبان نکالو، میں اسے کاٹ کر اپنے پاس رکھ لوں اور تمھیں جادوئی دوا سونپ دوں۔"

"ٹھیک ہے،" ننھی جل پری دل کڑا کر کے بولی۔

جادوگرنی اٹھی اور مینڈک اور گھونگھے پکڑ کر ان سے اپنی کڑھائی پونچھنے لگی۔

"صفائی بھی تو ضروری ہے" وہ مسکرا کر بولی۔ پھر اس نے اپنے لمبے لمبے ناخونوں سے اپنے سینے کو نوچا اور کٹی جگہ سے خون ٹپ ٹپ گرنے لگا۔ جادوگرنی جلدی سے کڑھائی پر جھک گئی تا کہ اس کا سارا کالا کالا خون اسی میں آئے۔ پھر اس نے طرح طرح کی جڑی بوٹیاں نکالیں اور کڑھائی میں ڈال کر ملانے لگی۔ دھیرے دھیرے وہ ایک عرق بن گئیں۔ پانی کی طرح ایک دم شفاف۔

"لو سنبھالو۔ دوا تیار ہو گئی"۔ جادوگرنی نے دوا کی شیشی جل پری کو سونپتے ہوئے کہا۔ "اب اپنی زبان باہر نکالو" اور جادوگرنی نے قینچی سے جل پری کی زبان بیچ سے کاٹ لی۔ اب ننھی جل پری گونگی ہو چکی تھی وہ نہ بول سکتی تھی اور نہ گا سکتی تھی۔

"اب جاؤ" جادوگرنی بولی "اور اگر جھاڑیاں تمھیں جکڑنا چاہیں تو اسی دوا کے کچھ قطرے ان پر چھڑک دینا۔ تمھاری طرف بڑھنے والی شاخیں ٹکڑے ٹکڑے ہو جائیں گی"۔ لیکن ننھی جل پری کو اس کی ضرورت نہ پڑی۔ دوا کی شیشی کو دیکھ کر شاخیں اپنے آپ اس سے دور ہٹ گئیں اور ننھی جل پری بھنور کے پاس سے تیرتی ہوئی اپنے سمندر میں نکل آئی۔ اس کا محل روشنی جگمگا رہا تھا لیکن اس کی ہمت نہ ہوئی کہ وہ محل کے اندر جائے کیونکہ اگر وہ چاہتی بھی تو اب کسی سے بات نہیں کر سکتی تھی۔ اس خیال سے کہ وہ اپنے گھر کو ہمیشہ کے لیے چھوڑ کر جا رہی ہے اس کا دل بھر آیا۔ باغ میں جا کے اس نے اپنی بہنوں کی یاد میں ان کی کیاریوں میں سے ایک ایک پھول توڑا اور پھر رات کے اندھیرے میں سمندر کا کالا پانی چیرتی ہوئی سطح پر آ گئی۔

وہ تیرتی ہوئی شہزادے کے محل کی سنگ مرمر کی سیڑھیوں کے پاس پہنچی اور اوپر سرک کر بیٹھ گئی۔ پھر شیشی نکالی اور دوا اپنے حلق میں انڈیل لی۔ اسے ایسا لگا جیسے اندر سے ہزاروں چھریاں اس کے جسم کو چیر رہی ہیں۔ تکلیف کی شدت

سے وہ بے ہوش ہوکر گر پڑی۔ جب آنکھ کھلی تو سورج نکل آیا تھا اور پورا جسم تکلیف سے دُکھ رہا تھا لیکن اُس نے دیکھا کہ اس کے سرہانے وہی بڑی بڑی کالی آنکھوں والا شہزادہ کھڑا ہوا اسے حیرانی سے دیکھ رہا ہے جس کے لیے اس نے یہ ساری مصیبت اٹھائی تھی۔ جل پری نے گھبرا کر اپنے جسم پر نیچے کی طرف نظر ڈالی۔ اس نے دیکھا کہ اُس کی حسین دُم کا کہیں پتا نہیں ہے اور اس کی جگہ دو پتلی پتلی ٹانگیں ہیں۔

شہزادے نے اس سے پوچھا کہ وہ کون ہے اور کہاں سے آئی ہے۔

جواب میں اس نے مُسکراتے ہوئے شہزادے پر اپنی چمکتی نیلی آنکھوں سے نظر ڈالی لیکن افسوس کہ وہ بول نہیں سکتی تھی۔ شہزادے نے ننھی جل پری کو ہاتھ پکڑ کر اُٹھایا اور دھیرے دھیرے محل میں لے آیا۔ جادوگرنی نے جل پری سے سچ ہی کہا تھا ایک ایک قدم ایسا لگتا تھا کہ وہ تلوار کی دھار پر چل رہی ہو لیکن اس نے یہ ساری تکلیف بڑی ہمت سے برداشت کی گوکہ اُس کی چال اتنی ہلکی تھی جیسے ہوا کا جھونکا ہو۔ محل میں اسے قیمتی ململ اور ریشم کے لباس پیش کیے گئے جنھیں پہن کر اُس کی خوبصورتی اور بھی نکھر آئی لیکن وہ نہ تو بول سکتی تھی اور نہ گا سکتی تھی۔

سنہری، ریشمی لباس پہنے ہوئے لونڈیوں نے اس کا، شہزادے اور بادشاہ اور ملکہ کا اپنے گیتوں سے استقبال کیا۔ ان میں سے ایک لونڈی کی آواز بڑی سُریلی تھی اور شہزادے نے اُسے بار بار تالی بجا کر داد دی لیکن ننھی جل پری کو یہ دیکھ کر بڑا دکھ ہوا کہ وہ لونڈی سے کہیں زیادہ اچھا گا سکتی تھی لیکن مجبور تھی۔ ''کاش شہزادے کو پتا ہوتا'' ننھی جل پری نے سوچا کہ میں نے اُسے پانے کے لیے کس طرح اپنی سُریلی آواز قربان کر دی ہے''۔

جب لونڈیوں نے ناچنا شروع کیا تو ننھی جل پری سے نہیں رہا گیا۔ وہ اٹھی، اس نے اپنے بازو پھیلائے اور کمرے میں ایک سرے سے دوسرے

سرے تک لہرا کر اس شان سے ناچنے لگی کہ ہر ایک دیکھتا کا دیکھتا رہ گیا۔ اس کی چمکتی آنکھوں میں جو پیغام تھا وہ لوگوں کے دلوں میں اتر گیا۔ سب کے منہ پر واہ واہ تھی اور ان میں سے ہر ایک اس کا بن چکا تھا خاص طور پر نوجوان شہزادہ۔ وہ ناچتی رہی اور ناچتی رہی۔ جیسے اپنے آپ میں کھو گئی ہو۔ لگتا تھا وہ سب کچھ بھول گئی ہو یہاں تک کہ وہ شدید تکلیف بھی جو ہر قدم پڑنے پر اس کے جسم کو چیرتی ہوئی اس کے دل تک پہنچتی تھی۔ شہزادے نے بے قابو ہو کر بادشاہ سے درخواست کی، وہ ننھی جل پری کو محل میں ہی رہنے کی اجازت دے دے۔ شہزادہ اپنی اس بے زبان عجیب و غریب دریافت کو کہیں اور جانے نہیں دینا چاہتا تھا اور شہزادے کے کمرے کے پاس ہی جل پری کے لیے نرم مخملی گدّوں پر آرام کا بندوبست کر دیا گیا۔

شہزادے نے ننھی جل پری کے لیے مردانہ لباس کا بھی ایک جوڑا تیار کروایا تاکہ جل پری بلا روک ٹوک اس کے ساتھ ہر جگہ گھوم پھر سکے۔ وہ دونوں مہکتی وادیوں میں چکر لگاتے۔ گھنے جنگلوں میں گزرتے جہاں درختوں کی ہری ہری شاخیں ان کے شانوں کو گدگداتیں اور نرم نرم پتّیوں کے بیچ چھپ کر بیٹھے ہوئے پرندے میٹھے گانے گاتے۔ وہ اپنے شہزادے کے ساتھ پہاڑی ڈھلانوں پر چڑھتی۔ اس کے پیر چھل جاتے اور خون بہنے لگتا لیکن اس ڈر سے کہ ساتھ چل رہے خادموں کو اس کے چہرے پر تکلیف کے آثار نظر نہ آجائیں وہ مسکراتی رہتی اور شہزادے کا ساتھ نہ چھوڑتی یہاں تک کہ وہ پہاڑیوں کی چوٹیوں پر پہنچ جاتے اور وہاں بیٹھ کر بادلوں کو آنکھ مچولی کھیلتا دیکھتے۔

دیر رات کو جب سب سو جاتے تو ننھی جل پری محل کی سنگ مرمر کی سیڑھیوں سے اتر کر سمندر کے کنارے پہنچتی اور پانی میں پانو لٹکا کر بیٹھ جاتی تاکہ اس کے زخمی تلووں کو ٹھنڈک پہنچے۔ پھر وہ سمندر کی تہ کی طرف ٹکٹکی باندھ کر دیکھتی رہتی جہاں اس کی بہنیں، اس کے باپ اور دادی رہتے تھے اور اس کی وہاں گنت ہم جولیاں تھیں جن کے ساتھ اس کا بچپن گزرا تھا۔

ایک رات جب وہ اسی طرح سمندر میں پیر لٹکائے بیٹھی اس کی بہنیں تیرتی تیرتی وہاں آگئیں۔ ایک دوسرے کے ہاتھ پکڑے وہ گا رہی تھیں لیکن ان کا گیت خوشی کا نہیں تھا۔ وہ ان کے دکھ بھرے دل کی آواز تھا۔ ننھی جل پری نے انھیں ہاتھ ہلا ہلا کر بلایا۔ انھوں نے اسے فوراً پہچان لیا اور قریب آگئیں۔ انھوں نے بتایا کہ اس کے اچانک غائب ہو جانے سے ان کے محل میں کس طرح سوگ چھایا ہوا ہے۔ اس کے بعد یہ بہنیں ہر رات اس سے ملنے آتیں۔ ایک بار وہ اپنے ساتھ اپنی بوڑھی دادی کو بھی لائیں جس نے برسوں سے اوپر کی دنیا نہیں دیکھی تھی۔ پھر وہ اپنے باپ کو بھی ننھی جل پری سے ملوانے لائیں۔ جگمگاتے شاہی تاج کے نیچے اپنے باپ کی غم زدہ صورت دیکھ کر جل پری کو بڑا دکھ ہوا۔ دادی اور باپ دونوں دور سمندر کے اندر ہی رہے۔ ان کی ہمت نہیں پڑی کہ وہ کنارے پر قریب آکر ننھی جل پری سے بات کریں۔

شہزادہ بھی جل پری کو دن بہ دن زیادہ سے زیادہ چاہنے لگا لیکن وہ اسے ایک بھولی بھالی، کم عمر لڑکی کی شکل میں دیکھتا۔ اس کے دماغ میں کبھی یہ خیال نہ آیا کہ وہ اس سے شادی کر لے۔ لیکن اگر ننھی جل پری یہ چاہتی تھی کہ اس کو کبھی فنا نہ ہونے والی روح ملے تو شہزادے سے اس کی شادی ہونا ضروری تھا ورنہ پھر اس کی قسمت میں یہی تھا کہ دوسری جل پریوں کی طرح مرنے کے بعد جھاگ بن جائے اور سمندر کی سطح پر ہمیشہ موجوں کے تھپیڑے کھاتی رہے۔

جب وہ شہزادے کے بازو میں چل رہی ہوتی تو اکثر آنکھیں اٹھا کر سوال کیا کرتی "کیا تم مجھے ساری دنیا سے زیادہ نہیں چاہتے؟" اور شہزادہ اس کی بات سمجھ کر کہتا "ہاں تم میرے لیے دنیا میں سب سے زیادہ چہیتی ہو کیونکہ دنیا میں کوئی بھی تم جیسا نہیں ہے۔ تم مجھے اتنا زیادہ چاہتی ہو اور مجھے بھی تم اس لڑکی کی طرح لگتی ہو جسے میں نے ایک بار دیکھا تھا اور جسے میں شاید پھر کبھی نہ دیکھ سکوں۔ میں ایک جہاز پر سوار تھا جو ایک شدید طوفان میں تباہ ہو گیا۔ سمندر

کی لہروں نے مجھے ایک مقدس عبادت خانے کے پاس لا پھینکا۔ اس عبادت خانے میں بہت سی لڑکیاں عبادت کے لیے آتی تھیں۔ ان میں سے جو سب سے کم عمر کی تھی اس نے مجھے کنارے پر پڑا دیکھا اور میری جان بچائی۔ میں نے اسے صرف ایک بار دیکھا ہے لیکن اس کا چہرہ میری یاد داشت میں نقش ہے اور میں پیار کرتا ہوں تو بس اسی سے لیکن اس کا تعلق تو اس عبادت خانے سے ہے اور وہ مجھے کہاں ملے گی۔ ہاں تم بالکل اس جیسی لگتی ہو۔ اس بات سے مجھے بڑی خوشی ہوتی ہے اور اس سے اطمینان ہوتا ہے کہ ہم تم ایک دوسرے سے کبھی الگ نہ ہوں گے۔"

"کاش کہ اُسے پتا ہوتا کہ میں نے ہی اس کی جان بچائی تھی" ننھی جل پری نے سوچا۔ "میں ہی اُسے طوفانی موجوں سے بچا کر اس درختوں سے گھری کھاڑی میں لے گئی تھی جہاں عبادت خانہ تھا۔ میں چٹانوں کے پیچھے چھپی بیٹھی رہی تھی اس انتظار میں کہ کوئی آجائے اور پھر وہ خوبصورت لڑکیاں وہاں آپہنچیں اور اب وہ انھیں لڑکیوں میں سے ایک کو مجھ سے زیادہ چاہتا ہے۔" ننھی جل پری نے ٹھنڈی سانس بھری۔ "وہ کہتا ہے کہ اس لڑکی کا تعلق عبادت خانے سے ہے وہ کہیں اور نہیں جا سکتی اس لیے وہ اس سے نہیں مل سکتا۔ حالانکہ میں ہر وقت اس کے ساتھ ہوں اور وہ روز مجھ سے ملتا ہے۔ وہ جو بھی سوچے اس کے لیے میری چاہت میں کوئی فرق نہ آئے گا۔ اور میں اپنی ساری زندگی اس پر نثار کر دوں گی۔"

ایک درباری نے کہا، "شہزادہ پڑوسی ملک کے بادشاہ کی بیٹی سے شادی کرنے والا ہے۔ اس کے لیے ایک بڑا جہاز سجایا جا رہا ہے۔ لوگ کہتے ہیں کہ شہزادے نے تو صرف گھومنے کا پروگرام بنا رکھا ہے لیکن اصل بات تو یہ ہے کہ اسے شہزادی کو دیکھنا ہے۔ اس کے ساتھ بہت سارے نوکر چاکر، غلام اور خادم بھی جائیں گے۔"

لیکن ایسی باتوں پر ننھی جل پری مسکرا دیتی کیونکہ وہ ان سے زیادہ شہزادے کے دل کی بات جانتی تھی۔ شہزادے نے اس سے کہا تھا۔ "مجھے تو شہزادی کو دیکھنے

جانا ہی پڑے گا کیونکہ یہ میرے ماں باپ کی خواہش ہے۔ لیکن شادی کرنے کے لیے وہ مجھے مجبور نہیں کر سکتے اور نہیں اُسے اپنی دلھن بنا کر گھر نہیں لا سکتا۔ میں اُسے اپنے دل سے نہیں چاہ سکتا کیونکہ وہ عبادت خانے والی لڑکی جیسی خوبصورت ہو ہی نہیں سکتی یا جتنی خوبصورت تم ہو۔ اور اگر مجھے شادی کرنے پر مجبور ہی ہونا پڑا تو میری چمکتی آنکھوں والی خاموش پری میں تم سے کروں گا، یہ سن کر ننھی جل پری کا دل خوشی سے بھر گیا اور اسے لگا جیسے سچ مچ اس کے روئیں روئیں میں نہ فنا ہونے والی روح اور ہمیشہ ہمیشہ رہنے والی خوشی بس گئی ہو۔

تمھیں سمندر سے ڈر نہیں لگتا، شہزادے نے جہاز میں سواری کرنے کے بعد جل پری سے پوچھا۔ پھر وہ اُسے سمندر کے طوفانوں، سمندر میں رہنے والی عجیب وغریب مچھلیوں اور ایسی دوسری انوکھی چیزوں کے بارے میں بتانے لگا جن کی باتیں غوطہ خور بتایا کرتے ہیں۔ جل پری یہ باتیں سُن سُن کر دل ہی دل میں ہنستی رہی کیونکہ وہ تو سمندر کے کونے کونے سے واقف تھی۔

رات کو جب چاند نکل آیا اور جہاز کے سارے لوگ سو گئے تو وہ جہاز کے سرے پر آ کر کھڑی ہو گئی اور سمندر کے اندر جھانک کر دیکھنے لگی۔ اُسے لگا کہ جہاز کے پیچھے سمندر میں چھوٹنے والے جھاگ بھرے راستے کے نیچے اُسے اپنے باپ کا محل نظر آ رہا ہے اور اس کی دادی اپنا روپہلی تاج پہنے دکھائی دے رہی ہو۔ اس کو محسوس ہوا جیسے اس کی بہنیں تہہ سے اُٹھ کر پانی کی سطح پر آ رہی ہوں۔ ان کے چہرے پر غم کے آثار دکھائی دیتے تھے اور وہ اس کی طرف اس طرح ہاتھ پھیلائے بڑھ رہی تھیں جیسے وہ اسے اپنے ساتھ لے چلنے کا اشارہ کر رہی ہوں۔ ننھی جل پری نے انھیں دیکھ کر سر ہلایا اور مسکرائی۔ وہ چاہتی تھی کہ وہ انھیں یہ بتلا دے کہ وہ یہاں بالکل مطمئن ہے کیونکہ یہاں اس کے لیے سب کچھ ویسا ہی ہو رہا تھا جیسی اس کی خواہش تھی۔ اتنے میں جہاز میں کام کرنے والا ایک لڑکا ادھر نکل آیا اور اس کی بہنیں اس تیزی کے ساتھ پانی میں

غوطہ لگا گئیں کہ لڑکے کو ایسا لگا کہ اسے موجوں پر جو کچھ نظر آیا وہ صرف سمندر کا جھاگ تھا۔

اگلے دن جہاز پڑوسی بادشاہ کے بندرگاہ میں جا پہنچا۔ وہاں مہمانوں کا شاندار استقبال ہوا۔ جا بجا شہنائی بجانے والے بیٹھے تھے۔ سڑکوں کے کونوں پر نقارے بجائے جا رہے تھے۔ چمک دار وردی میں سپاہی شاہی مہمانوں کے جلوس میں شامل تھے۔ جب تک یہ لوگ وہاں رہے روز طرح طرح کے کھیل تماشوں کا انتظام ہوتا رہا۔ شاندار دعوتیں ہوئیں۔ لیکن شہزادی اس وقت شہر میں نہیں تھی۔ اس کا انتظار ہو رہا تھا کہ دوسرے شہر سے آ جائے جہاں وہ کسی عبادت خانے سے متعلق اسکول میں اخلاقی تعلیم حاصل کر رہی تھی۔ بالآخر وہ محل پہنچ گئی۔

ننھی جل پری شہزادی کو دیکھنے کے لیے بے حد بے چین تھی۔ جب وہ شہزادی سے ملی تو اُسے بھی ماننا پڑا کہ اس نے اس سے پہلے شہزادی سے زیادہ خوبصورت کوئی دوسری مخلوق نہیں دیکھی تھی۔ شہزادی کی جِلد اتنی شفاف اور نازک تھی کہ اس میں سے اُس کی نسیں دکھائی دیتی تھیں اور کمانوں کی طرح کھنچی ہوئی بھوؤں کے نیچے اس کی کالی آنکھوں میں ایک انوکھی چمک تھی۔

"ارے یہ تو وہی ہے" شہزادے نے شہزادی کو دیکھ کر کہا۔ "اسی نے میری جان اس وقت بچائی تھی جب میں سمندر کے کنارے مُردے کی طرح بے جان پڑا تھا۔" ننھی جل پری کو دیکھ کر اس نے کہا "آج میں بہت خوش ہوں جس کے ہونے کا مجھے کبھی گمان بھی نہ تھا وہ سچ ہو گیا۔ میری خاموش پری تم بھی خوش ہونا؟ کیونکہ میرے ارد گرد جتنے لوگ ہیں ان میں تم ہی مجھے سب سے زیادہ چاہتی ہو۔"

اور اپنے خاموش دکھ کو اپنے سینے میں دباتے ہوئے ننھی جل پری نے شہزادے کے ہاتھ چوم کر یقین دلایا کہ وہ اس کی خوشی میں خوش ہے جبکہ ننھی جل پری کو ایسا لگتا تھا کہ آج ہی اُس کا دل پھٹ جائے گا۔ جادوگرنی

نے تو یہ کہا تھا کہ اس کا یہ حال شادی کے دوسرے دن ہو گا لیکن جل پری کا نے محسوس کیا کہ یہ دن پہلے ہی آگیا ہے۔

ساری شہر میں دھوم دھام سے شہزادی اور شہزادے کی شادی کا اعلان کیا گیا اور پھر شادی کا دن بھی آگیا۔ ننھی جل پری خوبصورت ریشمی اور سنہری کپڑوں میں دلھن کے ساتھ ساتھ رہی لیکن کب شہنائیاں بجیں۔ کب نقارے پر تھاپ پڑی کب آتش بازی چھوڑی گئی۔ ننھی جل پری کو اس کا کوئی پتا نہ تھا۔

اسی شام دلھن اور دولھا جہاز میں بیٹھ کر روانہ ہو گئے۔ توپیں داغی گئیں۔ بہترین ساز چھیڑے گئے۔ مہمانوں کے ہار پھول ہوئے اور اُن پر گلاب چھڑکا گیا جہاز کے اوپری حصے پر ایک شاندار شامیانہ کھڑا کیا گیا جس میں نرم مخملی گدے اور تکیے لگائے گئے اور سنہری ریشمی پردے ڈالے گئے۔ یہ دولھا اور دلھن کی مسند تھی۔ ہلکی ہلکی ہوا چل رہی تھی اور جہاز سمندر کے نیلے پانی پر آہستہ آہستہ بڑھ رہا تھا۔

جیسے ہی اندھیرا ہوا، چاروں طرف رنگین قندیلیں روشن کر دی گئیں اور ناچ گانے کی محفل آراستہ ہوئی۔ ننھی جل پری کو وہ منظر یاد آیا جو اس نے پہلی بار پانی کی سطح پر آنے پر جہاز میں دیکھا تھا۔ اس وقت اس کی نظروں کے سامنے جو نظارہ تھا وہ بھی اتنا ہی شاندار تھا لیکن آج اُسے بھی ناچ میں شامل ہونا پڑا۔ وہ ساکت ہوا پر پَر پھیلائے ہوئے کسی پرندے کی طرح پرواز کرتی معلوم ہو رہی تھی۔ لوگوں کی ہتھیلیاں تالیاں بجا بجا کر سرخ ہو چکی تھیں اور جل پری نے بھی اس شان اور نزاکت کے ساتھ اس سے پہلے کبھی ناچ پیش نہیں کیا تھا۔ اس کے پیروں کو شدید تکلیف پہنچ رہی تھی لیکن اس کی بالکل پروا نہیں کی۔ اس کے دل میں جو درد تھا وہ اس کے پیروں کی تکلیف سے کہیں زیادہ تھا۔

یہ جل پری کے لیے آخری شام تھی جب سامنے شہزادہ تھا، وہ شہزادہ جس کے لیے اس نے اپنا گھر، اپنی بہنیں، اپنا باپ اور اپنی دادی چھوڑے تھے

جس کے لیے اس نے اپنی سُریلی آواز کھوئی تھی اور روز شدید جسمانی تکلیف برداشت کرنا پڑی تھی اور شہزادے کو ان میں سے کسی بھی بات کا ذرا سا گمان بھی نہ تھا۔ یہ آخری شام تھی جب وہ بھی اسی ہوا میں سانس لے رہی تھی جس میں اس کا چہیتا شہزادہ زندہ تھا۔ یہ آخری شام تھی جب وہ نیلے سمندر اور جگمگ کرتے ستاروں سے بھرے آسمان کو دیکھ سکتی تھی۔ اس کے بعد اس کے لیے کبھی ختم نہ ہونے والی رات کا ایسا اندھیرا تھا جس کا وہ خواب وخیال میں بھی تصور نہیں کرسکتی تھی۔ جہاز پر ہر شخص خوش وخرم تھا لیکن ننھی جل پری کے دل پر موت اور فنا کا سایہ تھا۔ پھر بھی وہ آدھی رات کے بعد تک دوسروں کے ساتھ مسکراتی اور ناچتی رہی۔

جب شہزادے اور شہزادی کے آرام کے لیے شامیانے کے پردے گرا دیے گئے تو ہر طرف خاموشی چھا گئی۔ ننھی جل پری جہاز کے سرے پر کھڑی ہوگئی اور مشرق کی طرف نگاہ کرکے صبح کے اُجالے کا انتظار کرنے لگی۔ اُسے پتا تھا کہ سورج کی پہلی کرن کے ساتھ ساتھ اس کی زندگی کا خاتمہ ہوجائے گا۔ اسی وقت اس نے دیکھا کہ اس کی بہنیں سمندر کی تہ سے اُٹھ کر پانی کی سطح پر آگئی ہیں۔ اُن کے چہرے غم سے پیلے ہیں اور...... اور یہ کیا۔ ان کے وہ لمبے لمبے بال کہاں گئے جو اُن کے شانوں پر پھیلے رہتے تھے اور جب وہ تیرتی تھیں تو وہ ان کے اوپر اس طرح چھا جاتے تھے جیسے کوئی طوفانی گھٹا ہو لیکن وہ بال کہاں گئے!

"ہم نے اپنے بال جادوگرنی کو کاٹ لینے دیے" انھوں نے بتایا۔ تاکہ وہ کوئی ایسا طریقہ بتائے جس سے ہماری عزیز بہن تم ہم سے ہمیشہ کے لیے نہ بچھڑو۔ تمھاری جان نہ جائے اور تم واپس سمندری دنیا میں لوٹ آؤ۔"

"لیکن یہ کیسے ہوسکتا ہے؟" ننھی جل پری نے سوال کیا۔

"جادوگرنی نے ہمیں یہ خنجر دیا ہے" بہنوں نے ننھی جل پری کو جواب دیا

"تم اسے سنبھالو۔ اور اس سے پہلے کہ سورج نکل آئے تم یہ خنجر شہزادے کے دل میں گھونپ دو اور جب اس کا گرم گرم خون تمھارے پیروں پر گرے گا تو وہ پھر سے مچھلی کی دم کی شکل اختیار کر لیں گے۔ تم پھر سے جل پری بن جاؤ گی اور آج ہی سمندر کا جھاگ بن جانے سے پہلے، پورے تین سو سال تک زندہ رہو گی۔ اب جلدی کرو۔ کیونکہ سورج نکلنے سے پہلے کسی ایک کی جان جانا ہے، تمھاری یا اس کی۔ تمھیں نہیں معلوم ہے کہ تمھاری بوڑھی دادی کو تمھارے بچھڑنے کا کتنا غم ہے۔ دکھ سے ان کے بال جھڑ گئے ہیں اور ہم نے بھی اپنے بال تمھاری خاطر جادوگرنی کے حوالے کر دیے کیونکہ خنجر دینے سے پہلے اس نے یہی شرط رکھی تھی۔ شہزادے کو ختم کر دو اور ہمارے ساتھ چلو۔ اب وہ دوسرے کا ہو چکا ہے اور تمھارا کبھی نہیں ہو سکتا۔ پھر تمھیں کس بات کا غم ہے۔ جو تمھارا نہ ہو سکا اس کے لیے اپنی جان گنوا کر تمھیں کیا ملے گا۔ ہمارے پاس واپس آجاؤ۔ ہمارے ساتھ اس دنیا میں لوٹ آؤ جو تمھاری ہے۔ دیکھو دیر نہ کرو۔ کیا تمھیں مشرق میں آسمان پر وہ لال لال دھاریاں نہیں دکھائی دے رہیں جو بتاتی ہیں کہ سورج نکلنے ہی والا ہے۔ سورج نکل آیا تو تمھارا کھیل ختم ہو جائے گا۔"

یہ کہتے ہوئے انھوں نے ٹھنڈی سانس بھری اور سمندر کے اندر غائب ہو گئیں۔

ننھی جل پری نے شامیانے کے لال پردوں کو ایک طرف ہٹایا۔ سامنے شہزادہ اور شہزادی لیٹے ہوئے تھے۔ وہ جھکی اور شہزادے کی پیشانی کو چوما۔ پھر آسمان پر نظر ڈالی۔ اس نے دیکھا کہ روشنی اور بڑھ گئی ہے۔ شہزادہ کچھ بڑبڑا رہا تھا۔ جل پری نے کان لگا کر سنا۔ شہزادے کے لبوں پر شہزادی کا نام تھا۔ جل پری کانپ گئی اور اس کے ساتھ ساتھ وہ ہاتھ بھی جس میں خنجر تھا۔

اچانک اس نے اپنا ہاتھ اوپر اٹھایا اور موت کے اس ہتھیار کو پورا

زور لگا کر سمندر کے اندر پھینک دیا۔ موجیں چمک دار شعلوں کی طرح اٹھیں اور ایسا لگا کہ آس پاس کا پانی خون سے سرخ ہو گیا ہو۔ ان کی آنکھوں سے جن پر دھند سے چھا رہی تھی جل پری نے آخری بار شہزادے پر نظر ڈالی اور پھر جہاز سے سمندر میں چھلانگ لگا دی اور اسے ایسا لگا کہ اس کا جسم گھل کر جھاگ بن رہا ہو۔

سورج نے دھیرے دھیرے سمندر کے اندر سے اپنا سر نکالا اور اس کی نرم اور ہلکی گرم کرنیں ننھی جل پری کے جسم پر اس طرح پڑیں کہ اسے احساس بھی نہیں ہوا کہ وہ زندگی کی حد پار کر چکی ہے۔ سورج آسمان میں اور بلند ہوا۔ وہ اپنی پوری آب و تاب سے چمک رہا تھا لیکن ننھی جل پری کو اب بھی کوئی احساس نہیں تھا۔ یہ کیا ہو رہا تھا اسے سمجھ میں نہیں آیا۔ اور آس پاس یہ کس کی صورتیں ہیں۔ صاف نظر بھی تو نہیں آتیں۔ شیشے کی طرح شفاف اور آر سے پار دکھائی دینے والی یہ ہزاروں شکلیں کہاں سے آئیں اور اس کے سر کے ارد گرد کیوں منڈلا رہی تھیں۔ وہ جہاز کے سفید بادبانوں اور آسمان میں لال بادلوں کو پہچان سکتی تھی لیکن یہ شکلیں پہچان میں نہیں آ رہی تھیں۔ یہ شکلیں اتنی ہلکی تھیں کہ اپنے آپ ہوا میں تیرتی پھر رہی تھیں اور ان کا راگ بے حد سریلا اور سکون پہنچانے والا تھا لیکن اتنا مدھم تھا کہ شاید انسانوں کے کان اسے محسوس بھی نہ کر سکیں۔

ننھی جل پری کو ایسا لگا جیسے اس کے جسم میں کوئی وزن باقی نہ رہا ہو۔ اس نے اپنے آپ پر نظر ڈالی۔ یہ کیا؟ اس کا جسم بھی ویسا ہی شفاف اور جھلک دار بن چکا تھا جیسا ان شکلوں کا تھا۔ اسے لگا کہ وہ شاید سمندر کا جھاگ بن چکی ہے اور اسے اٹھا کر کسی اونچے مقام پر لے جایا جا رہا ہے۔

"وہ مجھے کہاں لے جا رہے ہیں؟" اس نے سوال کیا اور اب اسے معلوم ہوا کہ اس کی آواز بھی اُن آسمانی شکلوں جیسی ہی ہو گئی ہے۔

"تم ہوا کی مخلوق سے پوچھو۔" اسے جواب ملا۔ "جل پریوں کی روح امر نہیں ہوتی۔ انھیں یہ آسمانی تحفہ کسی انسان کی محبت جیت کر ملتا ہے۔ ان کو یہ کبھی نہ فنا

ہونے والی زندگی کسی انسان سے رشتہ پیدا کر کے ملتی ہے۔ ہوا کی مخلوق کو بھی امر آتما نہیں ملتی لیکن وہ اسے اپنے نیک کاموں سے حاصل کرتے ہیں۔ ہم جو ہوا کی مخلوق ہیں اُڑ کر گرم ملکوں میں پہنچتے ہیں جہاں دنیا میں رہنے والے ہزاروں بچے خراب بیماریاں پھیلاتے والی ہوا میں دم توڑتے ملتے ہیں۔ ہماری ٹھنڈی ہوا اُن میں ایک نئی جان پھونک دیتی ہے ہم جب آسمان میں اِدھر سے اُدھر گزرتے ہیں تو چاروں طرف خوشبو پھیل جاتی ہے اور اس سے دنیا والوں کو خوشی اور صحت کی نعمتیں ملتی ہیں۔ تین سو سال تک ایسے نیک کام کرنے سے ہمیں کبھی ختم نہ ہونے والی زندگی ملتی ہے اور ہمیں انسانوں کو ملنے والی لازوال خوشی کا بھی ایک حصّہ ملتا ہے اور تم ننھی جل پری، تم نے اپنے دل کے کہے پر عمل کیا اور بہت کچھ تکلیف اٹھائی اور اسے برداشت کیا۔ تمھیں بھی روحوں کی اس ہوائی دنیا میں جگہ ملی ہے اور تین سو سال تک نیک کام کرنے کے بعد تمھیں بھی کبھی فنا نہ ہونے والی روح مل جائے گی!!

جہاز پر اب سب جاگ اٹھے تھے اور خوشیاں منا رہے تھے۔ جل پری نے شہزادے کو اپنی خوبصورت دلھن کے ساتھ دیکھا لیکن شہزادے کی نظریں ننھی جل پری کو تلاش کر رہی تھیں۔ کبھی کبھی وہ افسوس کے ساتھ سمندر کے جھاگ بھرے پانی پانی کو دیکھتا جیسے وہ جانتا ہو کہ ننھی جل پری نے سمندر میں چھلانگ لگا دی ہے۔ ننھی جل پری سب کی آنکھوں سے اوجھل تھی لیکن وہ اور اس کے ساتھ کی ہوا کی مخلوق شہزادے کو خوش دیکھ کر مسکرا رہے تھے۔

ہوائی مخلوق میں سے ایک نے کہا، اگر ہم کوشش کریں تو تین سو سال سے پہلے بھی جنت کی مخلوق میں شامل ہو سکتے ہیں۔ ہم سب کی نگاہوں سے اوجھل رہ کر اُن گھروں میں جاتے ہیں جہاں انسانوں کے بچے ہوتے ہیں۔ جب کبھی ہمیں کوئی اچھا بچہ ملتا ہے جو اپنے ماں باپ کو خوش رکھتا ہے اور اسے ان کی محبت ملتی ہے تو خدا ہماری امیدواری کا عرصہ کم کر دیتا ہے اور ہمیں جنت کی مخلوق میں شامل کر لیتا ہے۔ بچوں کو پتا نہیں چلتا کہ ہم ان کے کمروں میں اِدھر سے اُدھر اڑتے پھرتے ہیں اور جب کبھی ان کے

اچھے کاموں کو دیکھ کر ہم خوشی سے مسکراتے ہیں تو ہماری امیدواری کے تین سو سالوں میں سے ایک سال کاٹ دیا جاتا ہے اور جب ہم کسی بدتمیز اور شریر بچے کو دیکھتے ہیں تو غم سے ہماری آنکھوں میں آنسو آجاتے ہیں اور جتنے آنسو ہماری آنکھوں سے ٹپکتے ہیں اُتنے ہی دن اور ہماری امیدواری میں جُڑ جاتے ہیں۔

بادشاہ کی نئی پوشاک

بہت دن گزرے ایک بادشاہ تھا اور جیسے کہانیوں میں بادشاہ ہوتے ہیں۔ اس بادشاہ کے پاس بہت ساری دولت تھی اور بہت سارا وقت بھی۔ اس کی سمجھ میں نہیں آتا تھا کہ اس دولت اور اس وقت کا کیا کرے۔ بالآخر اُسے ایک طریقہ سوجھا کیوں نہ وہ نئی نئی پوشاکیں پہنا کرے۔ پھر تو وہ اس دُھن میں لگ گیا۔ صبح ایک جوڑا، دوپہر ہوئی تو دوسرا جوڑا۔ شام کو نئی پوشاک، رات کے کھانے کے دوسرے کپڑے اور پھر سونے کا تو لباس الگ ہی قسم کا ہونا ہی چاہیے۔ جو پوشاک ایک بار پہن لی، اسے دوسری بار پہننے کا سوال کب پیدا ہوا ہے۔ وہ بادشاہ ہی کیا ہوا جو اُتارے ہوئے کپڑے پھر سے پہنے۔ ہر روز نئے قسم کا کپڑا۔ نئی وضع کا لباس، اس پر نئی سے نئی طرح کی آرائش۔ دربار میں درباری صرف کپڑے کے بارے میں گفتگو کرتے۔ کہاں چاندی کے تاروں سے نئے قسم کا کپڑا تیار ہوتا ہے۔ کس ملک میں مکڑی کے جالے سے بھی باریک سونے کی چادریں بُنی جاتی ہیں، کہاں ہیروں اور موتیوں سے جڑی ہوئی ایسی زرق برق پوشاکیں تیار ہوتی ہیں کہ محل میں رات کے وقت قندیلیں روشن کی ضرورت نہیں رہتی۔

لیکن بادشاہ کو سارے وقت دربار میں بیٹھ کر درباریوں سے باتیں کرنے سے جی نہیں بھرتا۔ اُسے اس میں بھی بڑا مزہ آتا کہ ڈھول تاشوں، نقاروں اور نفیری کے ساتھ بڑی دھوم دھڑاکے سے جلوس نکلیں۔ محل کے سامنے میدان میں طرح طرح کے کھیل تماشے ہوں۔ کبھی بادشاہ کی سالگرہ منائی جائے، کبھی ملکہ کی۔ کبھی چھوٹے شہزادے

کی اور کبھی بڑی شہزادی کی اور ان سب موقعوں پر بادشاہ اپنے نئے سے نئے قیمتی اور بھڑکیلے لباس میں سب کے سامنے آئے۔ آخر رعایا کا بھی تو حق تھا کہ وہ اپنے بادشاہ کو اس کی خوبصورت سے خوبصورت پوشاک میں دیکھے۔

اس طرح ہنسی خوشی دن گزرتے گئے۔ بادشاہ کی شہرت دور دراز تک پہنچی اور دور دور کے ملکوں سے لوگ بادشاہ اور اس کی پوشاک کو دیکھنے کے لیے آنے لگے۔ دو چال بازوں کے کانوں تک بھی یہ بات پہنچی۔ ان کو ایک ترکیب سوجھی اور وہ موقعے سے فائدہ اٹھانے کے لیے چل پڑے۔ بادشاہ کے دربار میں پہنچے اور اس کے قدم چوم کر ایسے کھڑے ہو گئے جیسے ان کی سانس اوپر کی اوپر رہ گئی ہو۔ بادشاہ نے چوبدار کو حکم دیا کہ دیکھے کہ انھیں کیا ہوا ہے۔ دونوں چال بازوں نے ایسا ناٹک کیا جیسے سوتے سوتے آنکھ کھل گئی ہو۔ بادشاہ نے ان سے پوچھا کہ وہ کون ہیں اور کیا چاہتے ہیں۔ چال بازوں نے پھر جھک کر سلام کیا اور عرض کی کہ وہ معمولی کاریگر ہیں۔ کپڑا بنتے ہیں۔ انھوں نے ملکوں ملکوں کی خاک چھانی ہے لیکن انھوں نے نہ کہیں اتنا نفیس کپڑا دیکھا اور نہ اتنی خوبصورت پوشاک۔ انھوں نے ایک بار پھر اس تخت کے پایوں کو چوما جس پر بادشاہ بیٹھا ہوا تھا اور ہاتھ جوڑ کر عرض کی کہ "حضور اصل تعریف تو جہاں پناہ کی نظر کی ہے جس نے ایسی پوشاک چنی جس سے بہتر کوئی دوسری پوشاک ایک بادشاہ پر سج نہیں سکتی تھی۔" بادشاہ یہ سن کر بہت خوش ہوا۔ اس سے پہلے کسی نے اس کے کپڑوں اور اس کی سمجھ کی تعریف نہیں کی تھی۔ اس نے ان چال بازوں کو بڑی عزت سے اپنے پاس بٹھایا اور پوچھا کہ کیا وہ اس سے بہتر خوبیوں والا کپڑا بُن سکتے ہیں۔ انھوں نے بادشاہ کو یقین دلایا کہ وہ تو دنیا کا سب سے انوکھا کپڑا تیار کر سکتے ہیں جو اتنا نفیس ہوگا کہ وہ کسی ایسے شخص کو دکھائی نہ دے گا جو یا تو اپنے عہدے کے لائق نہ ہو یا جس کی عقل میں کسی قسم کی کمی ہو۔

بادشاہ یہ سن کر اچھل پڑا۔ اس کو سب سے زیادہ خوشی تو اس بات کی تھی کہ اس کپڑے کا لباس پہن کر وہ یہ پتا چلا سکے کہ اس کے کون کون سے عہدے دار اور درباری نکمّے اور بیوقوف ہیں۔ اس نے چال بازوں کو حکم دیا کہ وہ فوراً کپڑا بننے کا

کام شروع کردیں۔ اس کے ساتھ ہی اس نے اپنے خزانچی کو بلا کر اسے پابند کیا کہ وہ لوگ جتنا پیسا مانگیں وہ فوراً انھیں دے دیا جائے۔

چال باز بھی اپنے کام میں جُٹ گئے۔ بازار سے لکڑی لائے۔ بڑھئیوں کو بلوایا اور کپڑا بننے کے لیے دو بڑے بڑے کرگھے بنوانے لگے۔ ان کے کارخانے کے لیے بادشاہ نے انھیں ایک بڑا مکان دلوا دیا۔ اس کے اندر یہ کرگھے لگوا دیے گئے۔ اب چال بازوں نے فرمایش کی کہ انھیں سب سے اچھے قسم کا ریشم اور خالص سونے کے باریک تار منگوا کر دیے جائیں۔ یہ قیمتی سامان بھی انھیں فوراً مہیا کر دیا گیا۔ سامان لے کر انھوں نے چپ چاپ اپنے جھولوں میں بھر کر چھپا دیا اور خالی کرگھوں پر بیٹھ کر کھٹ پٹ کرنے لگے۔ وہ دن دن بھر کرگھوں کی لکڑیاں اِدھر اُدھر چلاتے، ہلاتے رہتے۔ رات آتی تو چراغ جلا کر کرگھوں پر بیٹھ جاتے اور آدھی رات کو جب تک سب لوگ سو نہ جاتے کرگھوں پر کام کرنے کا ناٹک کرتے رہتے۔

جب کچھ دن گزر گئے تو بادشاہ نے سوچا کہ یہ پتا چلایا جائے کہ ان لوگوں کا کام کیسا چل رہا ہے۔ پہلے تو یہ چاہا کہ خود جا کر دیکھے۔ پھر یاد آیا کہ کاریگروں نے یہ کہا تھا کہ کپڑا کسی کم عقل کو نہیں دکھائی دے گا۔ اس لیے اس نے سوچا کہ احتیاط برتنا چاہیے۔ یہ صحیح ہے کہ وہ کم عقل نہیں ہے لیکن اگر کوئی گڑبڑ ہوئی تو کیا ہوگا۔ اچھا یہی ہے کہ خود نہ جائے بلکہ کسی اور کو بھیجا جائے۔ ادھر دھیرے دھیرے لوگوں کو بھی اس نئے قسم کے کپڑے کی خوبیوں کا پتا چل گیا تھا اور ہر ایک دل ہی دل میں یہ چاہتا تھا کہ اسے یہ حقیقت معلوم ہو جائے کہ اس کا پڑوسی کتنا ہوشیار ہے۔

بالآخر بادشاہ نے بڑا سوچ سمجھ کر یہ فیصلہ کیا کہ وہ اپنے پرانے وفادار بوڑھے وزیر کو اس کام کے لیے بھیجے۔ وہ بڑا تجربہ کار اور سمجھ دار آدمی ہے اس لیے وہی دیکھ بھال کر یہ ٹھیک ٹھیک بتا سکے گا کہ جو کپڑا بنا جا رہا ہے وہ دیکھنے میں کیسا ہے۔ تو بوڑھے وزیر کو اس کارخانے میں بھیجا گیا جہاں وہ چال باز زور شور سے خالی کرگھوں پر اپنے کام میں لگے ہوئے تھے۔ بوڑھا وزیر تجربہ کار تھا۔ اس نے دنیا دیکھی تھی۔ اچھے اور برے دھوکا دینے

والوں اور سازشیں کرنے والوں، سب ہی طرح کے لوگوں سے اس کا واسطہ پڑا تھا لیکن جب اس نے اِن چال بازوں کے کام پر نظر ڈالی تو اپنی آنکھیں ملنے لگا۔ ان کرگھوں پر تو نام کے لیے بھی ایک دھاگا نہیں دکھائی دیتا اس نے دل ہی دل میں سوچا لیکن یہ بات کیسے قبول کرلے۔ دوسروں کو کپڑا دکھائی دے رہا ہو تو کیا ہوگا اس کی عزت تو خاک میں مل جائے گی۔

چال بازوں نے وزیر کو دیکھا تو انھوں نے اسے بڑے ادب کے ساتھ اپنے کرگھوں کے پاس بلایا اور کرگھے کے بیچ میں ایک جگہ اپنی انگلیاں ڈال کر ہلکے سے اس طرح اٹھایا جیسے کسی باریک کپڑے کو چھو کر دکھا رہے ہوں۔ پھر وزیر سے اس کی رائے پوچھی۔ "فرمائیے جناب والا۔ کپڑے کے گل بوٹے تو ٹھیک ہیں؟" وزیر نے پھر غور سے دیکھا لیکن اس کو نہ تو کپڑا دکھائی دیا اور نہ اس پر گل بوٹے۔ پریشانی سے اس کے ماتھے پر پسینہ آگیا "یا اللہ! میں سچ مچ تو بیوقوف نہیں ہوں!" اس نے سوچا۔ "مجھے تو کبھی ایسا نہ لگا اور اب دوسروں کو اس کا پتا نہیں چلے تو ہی اچھا ہے۔ ورنہ کیا کوئی یہ پسند کرے گا کہ ان کا وزیر احمق ہو۔ بہتر یہی ہے کہ میں کہہ دوں کہ مجھے سب کچھ دکھائی دے رہا ہے۔" ادھر ان چال بازوں نے پھر سے سوال کیا "کچھ تو فرمائیں جناب والا آپ کو کپڑا کیسا لگا۔"

"بہت خوب، بہت نفیس!" بوڑھے وزیر نے اپنی عینک میں سے کرگھوں کو حیرانی کے ساتھ دیکھتے ہوئے کہا "واہ بھئی واہ کیا گل بوٹے ہیں۔ کیا خوبصورت رنگ ہیں۔ میں جاتے ہی حضور جہاں پناہ کو بتاؤں گا کہ مجھے یہ کپڑا کتنا حسین لگا۔"

"یہ تو آپ کی بڑی نوازش ہوگی"، چال بازوں نے کہا۔ پھر انھوں نے وزیر کو بتایا کہ انھوں نے کون کون سے رنگ استعمال کیے ہیں اور اس کپڑے کے لیے انھوں نے کون کون سے گل بوٹے پسند کیے ہیں۔ بوڑھے وزیر نے ان باتوں کو بڑے دھیان سے سنا تاکہ وہی وہ بادشاہ کے سامنے دہرا سکے۔ جب چال بازوں کو یہ یقین ہوگیا کہ وزیر ان کی چال میں پھنس گیا ہے تو انھوں نے فوراً اس کے سامنے اپنی مانگ رکھ دی کہ انھوں نے وزیر کو بتایا کہ جتنا ریشم اور سونے کا دھاگا انھیں ملا تھا وہ سب خرچ ہوگیا

اور اپنا کام پورا کرنے کے لیے انھیں یہ سامان اور چاہیے۔ ظاہر ہے کہ وزیر کیسے انکار کر سکتا تھا۔ اس نے جاتے ہی سارے سامان کا بندوبست کروا دیا جیسے ہی یہ سامان چال بازوں کے ہاتھ لگا انھوں نے پہلے کی طرح اپنے جھولوں میں بند کر کے چھپا دیا اور کام اور بھی زیادہ تیزی سے کرنے کا ڈھونگ کرنے لگے۔

کچھ دنوں کے بعد بادشاہ نے اپنے ایک اور افسر کو کاریگروں کا کام دیکھنے کے لیے بھیجا۔ وہ بے چین تھا کہ کپڑا جلدی سے جلدی تیار ہو جائے اور وہ اس کی پوشاک پہنے۔ اس افسر کے ساتھ بھی وہی ہوا جو وزیر کے ساتھ ہوا تھا۔ اس نے کرگھوں کو ہر طرف سے گھوم گھوم کر دیکھا لیکن اس کو لکڑی کے خالی چوکھٹوں کے علاوہ اور کچھ نظر نہیں آیا۔

چال باز کاریگروں نے اس سے بھی پوچھا کہ کیا آپ کو یہ کپڑا اتنا ہی خوبصورت اور نفیس نہیں لگ رہا جتنا حضور وزیر صاحب کو لگا تھا۔ انھوں نے اس افسر کو بھی اپنی انگلیوں پر فرضی کپڑا اٹھا کر دکھایا اور اس کے گل بوٹوں اور رنگوں کی خصوصیتیں بتانے لگے۔ افسر نے سوچا کہ یہ تو یقینی بات ہے کہ میں احمق نہیں ہوں لیکن جب یہ کپڑا مجھے دکھائی نہیں دے رہا تو پھر میں شاید اپنے عہدے کے قابل نہیں ہوں۔ یہ بات ہرگز کسی کو معلوم نہیں ہونا چاہیے ورنہ میں کہیں کا نہیں رہوں گا تو اس نے بھی عقل مندی اسی میں سمجھی کہ وہ اس کپڑے کی جو اسے نظر نہیں آرہا تھا تعریف کرے اور رنگوں اور گل بوٹوں دونوں کے بارے میں اپنی پسند کو ظاہر کرے۔ جب وہ بادشاہ کے پاس پہنچا تو اسے بھی یہی بتایا کہ کاریگر بڑا شاندار کپڑا بن رہے تھے۔

اب کپڑے کی تیاری کے کام کو چلتے چلتے ہفتے بھر سے زیادہ کا عرصہ ہو گیا تھا اور شہر کے لوگ بھی باتیں کرنے لگے تھے کہ دیکھیں وہ کپڑا کیسا ہے۔ بادشاہ کی بے چینی بھی دن بہ دن بڑھتی جا رہی تھی۔ جب نہ رہا گیا تو ایک دن اس نے خود جا کر اس کپڑے کو دیکھنے کی ٹھانی۔ بادشاہ نے اپنے کچھ وفادار اور اعتبار کے قابل درباریوں اور افسروں کو ساتھ لیا اور کارخانے جا پہنچا۔ اس کے ساتھ وہ وزیر اور افسر بھی تھے جو اس سے پہلے کاریگروں کا کام دیکھ کر جا چکے تھے۔ چال باز کاریگروں کو پہلے سے بادشاہ کے آنے کی خبر مل گئی تھی

انھوں نے پہلے سے زیادہ لپک لپک کر کام کرنے کا ڈھونگ کرنا شروع کر دیا۔

جب بادشاہ سب لوگوں کے ساتھ کارخانے پہنچا تو وہ وزیر اور افسر جو پہلے یہ کام دیکھ کر جا چکے تھے بولے "دیکھیے پورا کام کتنا شاندار ہے"۔ پھر بادشاہ سے بولے "حضور عالی بھی نظر ڈالیں کہ کیسے خوبصورت رنگ اور گل بوٹے ہیں۔" اس کے ساتھ ساتھ انھوں نے خالی کرگھوں کی طرف اشارہ کیا۔

"ارے یہ کیسے ہو سکتا ہے"، بادشاہ نے اپنے دل میں سوچا۔ مجھے تو یہاں کچھ بھی نہیں دکھائی دیتا۔ غضب ہو گیا۔ کہیں میری عقل میں تو کوئی کمی نہیں ہے۔ یا پھر میں بادشاہ بننے کے قابل نہیں ہوں۔ یہ بات کسی قیمت پر کسی کو معلوم نہیں ہونا چاہیے۔"

پھر اس نے اونچی آواز میں کہا: "کپڑا بہت ہی خوبصورت ہے"۔ "ہمیں پسند آیا۔" اور وہ اس وقار کے ساتھ مسکرایا جیسا بادشاہ مسکراتے ہیں۔ چلتے چلتے اس نے پھر سے پلٹ کر خالی کرگھے دیکھے لیکن جس کپڑے کی اس کا وزیر اور افسر اتنی تعریف کر چکے تھے اس کے نہ ہونے کے بارے میں وہ کس طرح کوئی بات کہہ سکتا تھا۔ بادشاہ کے ساتھ جو لوگ آئے تھے انھوں نے بھی آنکھیں گاڑ گاڑ کر دیکھا اور انھیں کچھ نظر نہیں آیا۔ پھر بھی انھوں نے اونچی آواز میں "کیا بات ہے"، "کتنا خوبصورت ہے"، کہہ کر ہی کپڑے کی تعریف کی اور کچھ لوگوں نے تو بادشاہ سے یہ درخواست بھی کر ڈالی کہ وہ اگلے جلوس میں اسی شاندار کپڑے کی پوشاک پہنے۔

بادشاہ کو بھی یہ سن کر بے حد خوشی ہوئی کہ وہ خوبصورت کپڑا سب کو نظر آ رہا ہے اور وہ اس کی بڑے جوش و خروش سے تعریف کر رہے ہیں۔ بادشاہ نے ان چال بازکاریگروں کو خاص انعامات دینے کا اعلان کیا اور انھیں اپنے ملک کے سب سے اونچے خطابوں سے نوازا۔

جس روز جلوس نکلنے والا تھا اس سے پہلے والی رات کو چال باز پوری رات جاگتے رہے۔ پورے کارخانے کو درجنوں قندیلوں سے روشن کیا گیا تاکہ پوشاک کی باریک سلائی پوری کی جا سکے۔ انھوں نے ایسا ڈھونگ کیا جیسے اب کپڑا کرگھوں سے اتار کر تہہ کیا جا رہا ہے

اب اس کی بنائی ہو رہی ہے۔ اب اسے کاٹا جارہا اور اب کٹے ہوئے ٹکڑوں کو جوڑ کر پوشاک تیار ہو رہی ہے لیکن اصلیت یہ تھی کہ ان کی قینچیاں ہوا میں چل رہی تھیں اور سوئیوں میں کوئی دھاگا نہیں تھا لیکن انھیں اس طرح حرکت دی جارہی تھی جیسے ٹانکے بھرے جا رہے ہوں اور جب صبح مرغ نے بانگ دی تو دونوں چال بازوں نے اپنے ہاتھ روک دیے۔ اطمینان کی لمبی سانس لی اور بولے "چلو خدا کا شکر ہے۔ بادشاہ کی پوشاک تیار ہوگئی۔"

جیسے ہی دن چڑھا بادشاہ اپنے سارے درباریوں اور امیروں کے ساتھ کارخانے میں آپہنچا۔ چال بازوں نے اپنی چٹکیوں کو بند کر کے ہاتھوں کو اوپر اٹھایا جیسے وہ کپڑے کو اٹھا کر دکھا رہے ہوں اور بادشاہ سے بولے، "لیجیے جہاں پناہ۔ یہ آپ کا پاجامہ حاضر ہے اور یہ آپ کا عمامہ ہے اور ملاحظہ فرمائیے یہ آپ کا زرق برق چغہ ہے۔ پورا جوڑا اتنا ہلکا ہے جتنا مکڑی کا جالا ہوتا ہے اور جب آپ اسے پہنے ہوئے ہوں گے تو آپ کو یہ لگے گا بھی نہیں کہ آپ کے بدن پر کچھ ہے۔ یہی تو حضور والا اس کپڑے کی خصوصیت ہے۔"

"صحیح ہے۔ صحیح ہے"، سارے درباری ایک آواز میں بولے، حالانکہ ان میں سے ایک کو بھی وہ نفیس پوشاک کہیں نظر نہیں آرہی تھی۔

چال بازوں نے بادشاہ سے درخواست کی کہ اگر وہ اجازت دے تو پرانی پوشاک کی جگہ اسے نئی پوشاک پہنا دی جائے۔ بادشاہ نے خوشی خوشی اجازت دے دی۔ جب بادشاہ نے پوشاک پہن لی تو اس نے آئینے میں گھوم گھوم کر اپنے آپ پر نظر ڈالی۔ درباریوں نے بھی تعریف کی "ماشاءاللہ، یہ پوشاک حضور والا پر کس قدر رچ رہی ہے۔ کیا گل بوٹے ہیں۔ کیا رنگ ہے۔ واقعی ایسا ہونا ہے شاہی خلعت۔"

چوبدار نے اطلاع دی کہ جلوس کا سارا انتظام ہوگیا ہے "ہم بھی تیار ہیں"، بادشاہ نے کہا اور اس نے ایک بار پھر آئینے میں اپنے آپ پر خوشی خوشی نظر ڈالی۔ جیسے ہی بادشاہ نے قدم بڑھایا، اس کے خاص خادموں نے لپک کر اس کے خلعت کے وہ خیالی دامن اپنے ہاتھوں میں تھامنے کا سوانگ کیا جن کے زمین پر گھسٹنے سے خراب ہو جانے کا ڈر تھا۔ آخر ان خادموں کو بھی تو یہ ظاہر کرنا تھا کہ وہ اپنی خدمت کے لیے نا اہل نہیں ہیں۔

تو اس طرح بادشاہ کا جلوس شہر کی سڑکوں پر روانہ ہوا۔ لوگ اپنی اپنی کھڑکیوں سے جھانک جھانک کر دیکھتے اور کہتے ”واہ! بادشاہ کی پوشاک کتنی خوبصورت ہے، اس کے چغے کے دامن کتنے شاندار ہیں اور عمامے سے کیا شان وشوکت ظاہر ہوتی ہے۔“ وہ اتنی اونچی آواز سے بولتے کہ پڑوسی بھی ان کی تعریف سُن لیں۔

ایسا لگتا تھا کہ کوئی بھی یہ نہیں چاہتا تھا کہ وہ اس پوشاک کو دیکھ کر اس کی تعریف کرنے میں دوسرے سے پیچھے ہو۔ کیونکہ ایسا نہ کرنے سے یہ ڈر تھا کہ دوسرے اسے احمق یا نااہل نہ سمجھنے لگیں۔ بادشاہ نے ابھی تک جتنی پوشاکیں پہنی تھیں ان میں سے کسی نے لوگوں کے دماغ پر ایسا اثر نہیں چھوڑا تھا جیسا اِس نہ دکھائی دینے والی پوشاک نے۔

تب ہی کسی بچّے کی آواز سنائی دی ”لیکن بادشاہ تو ننگا ہے“، لوگ چونک پڑے۔ ”معصوم بچّے کی بات تو سنو“، باپ نے کہا اور پھر سب ایک دوسرے کے کان میں کچھ کہنے لگے اور آخر میں سب چلّا پڑے ”ارے بادشاہ کے بدن پر تو کچھ بھی نہیں ہے۔“ بادشاہ بھی گھبرا گیا کیونکہ وہ جانتا تھا کہ لوگ صحیح کہہ رہے ہیں لیکن اس نے سوچا کہ جلوس کو چلتا رہنا چاہیے اور بادشاہ اپنی گردن کو تانے ہوئے آگے بڑھتا رہا جیسے اس نے کچھ سنا ہی نہ ہو اور اس کے خادم بھی پہلے سے زیادہ توجہ کے ساتھ چغے کے دامن کو تھامے چلتے رہے حالانکہ وہاں پکڑنے کے لیے کوئی دامن تھا ہی نہیں۔

کہانی کیسے لکھیں

تم نے یہ کہانی پڑھ لی۔ اور ہم یہ سمجھتے ہیں کہ تمھیں یہ ضرور پسند آئی ہوگی کیونکہ اینڈرسن کی کہانیوں میں وہ سب کچھ ہے جو ہمیں ان کہانیوں میں ملتا ہے جو دادی اماں سناتی ہیں۔ یعنی راجا، رانی، شہزادے، شہزادیاں، بولتے جانور، بات کرتی چڑیاں، بھوت چڑیل اور پریاں، جادو کے کرشمے۔ انوکھی اور حیرت میں ڈالنے والی باتیں اور پھر آخر میں کوئی سبق۔

اینڈرسن کو تھیٹر اور ڈراموں میں ہمیشہ دلچسپی رہی اور اس کی کہانیوں میں وہ سب کچھ بھی ہے جو انھیں ڈراموں کی طرح دلچسپ بناتا ہے یعنی الجھنیں اور دشواریاں، خطرے اور حادثے، جان جوکھم میں ڈالنے والے کارنامے اور پھر ایسے موقعے جو ہمیں کبھی گھبراہٹ میں ڈالتے ہیں اور کبھی حیرانی میں۔ پھر اینڈرسن نے اپنی کہانیوں میں اتنی ساری چھوٹی چھوٹی باتیں اپنی کہانیوں میں شامل کی ہیں کہ ہمیں لگتا ہے کہ سب کچھ ہماری آنکھوں کے سامنے ہو رہا ہے۔

اور بھائی ہمارے خیال کی دنیا بھی عجیب ہوتی ہے۔ کبھی کبھی تو ہم وہ ماننے کو تیار ہو جاتے ہیں جو سچ مچ میں نہیں ہے یا سچ مچ میں ہو ہی نہیں سکتا لیکن کہانیوں میں یہ ساری باتیں بڑا مزا دیتی ہے خاص طور پر بچے تو ایسی باتوں میں بڑی دلچسپی لیتے ہیں۔ اینڈرسن کو اچھی طرح معلوم ہے کہ وہ ہماری خیال کی دنیا کو کس طرح سجائے۔ اور بہت سی کہانیوں میں اس نے ایک ایسی جادو بھری دنیا تیار کی ہے کہ

ہم کو وہ اپنے آپ ہی اچھی لگنے لگتی ہے۔

اس کہانی کو پڑھنے کے بعد کیا تمھارا جی نہیں چاہتا کہ تم بھی مزیدار کہانیاں لکھو۔ ارے بھئی ضرور لکھو۔ اگر قلم سے نہیں لکھنا چاہے تو اپنے دوستوں کو کہانیاں بنا بنا کر سناؤ لیکن کیسے؟ بس ایسے کہ کوئی بات ہوئی ہوگی تو کیسے؟ کس کس نے کیا ہوگا۔ آس پاس کی فضا کیسی ہوگی۔ بات میں الجھن کہاں پیدا ہوئی ہوگی۔ الجھن کو دور کرنے کے لیے کیا کرنا پڑا ہوگا اور ایسی ہی دوسری ساری باتیں جن سے اس واقعے کی تصویر کھنچ جائے۔

اب شروع کیسے کریں۔ سب سے آسان طریقہ یہ ہے کہ جو کہانی تم کو یاد ہے اسی کو دوسروں کو سناؤ۔ جیسے یہ ننھی جل پری کی کہانی تو تم نے پڑھ لی۔ اب کسی پارٹی میں، کہیں پک نک پر یہی کہانی تم اپنے دوستوں کو سناؤ۔ اگر تم کو ایسا لگتا ہے کہ کہانی کو اس طرح نہیں دوسری طرح ختم ہونا چاہیے تھا تو اپنی کہانی کو ایسا ہی بنا کر دیکھو اور پھر دیکھو کہ بات بنی کہ نہیں۔ جیسے تمھیں یہ پسند نہیں کہ آخر میں ننھی جل پری مر جائے تو سوچو کہ کہانی کو کس طرح موڑا جا سکتا ہے۔

پھر جب کہانی سنانے کی ہمت بڑھ جائے تو اپنی کہانیاں خود بنا کر سناؤ اپنی کہانیاں بنا کر سنانے کا مزا ہی اور ہے۔ جب کہانی سناؤ تو اس طرح جیسے وہ سب تم نے خود دیکھا ہو۔ کہانی میں تم نے جن لوگوں کو شامل کیا ہے ان کے بارے میں اس طرح بیان کرو کہ ان لوگوں سے تم خود ملے ہو اور تمھیں خود ان کی ہر بات کا پتا ہو جیسے اُن کا کیا پہناوا تھا۔ وہ کس طرح بولتے تھے۔ ان کی خاص خاص عادتیں کیا تھیں۔ کون سی باتیں ان میں دوسروں سے ہٹ کر تھیں۔ وغیرہ وغیرہ کئی جگہ تو تمھیں یہ سوچنا پڑے گا کہ اگر کہانی کے کسی شخص کی جگہ تم خود ہوتے تو کیا کرتے۔ تمھارے دماغ میں کیا خیال ہوتے۔ دوسروں سے کیا بات کرتے۔ کس طرح بحث کرتے اور تم دوسروں کے بارے میں کیا محسوس کرتے۔

اور ہاں ایک بات تو بتانا ہی بھول گئے۔ کہانی میں مزا تب آتا ہے جب

ہمیں بار بار یہ پوچھنا پڑے کہ پھر کیا ہوا۔ آگے کیا ہوا۔ تمھاری کہانی میں بھی یہ بات ہونا چاہیے کہ سننے والے تم سے پوچھتے جائیں کہ پھر کیا ہوا؟ اس لیے تم جب بھی اپنی کہانی بناؤ، شروع میں ہی ساری بات نہ بتادو۔ تھوڑی تھوڑی باتیں، رک رک کر بتاؤ۔ سننے والے کو سوچنے دو کہ کہیں ایسا تو نہیں ہوا۔

ایک اور مشورہ ہے۔ جب بھی کوئی کہانی پڑھو یا سنو تو کہانی کا جو مزا ہے وہ تو لو ہی لیکن ساتھ ہی ساتھ یہ دیکھتے رہو کہ کہانی بنانے والے نے کس ڈھنگ سے کہانی سنائی ہے۔ اس نے کہانی میں کام کرنے والے شخصوں کو کس کس طرح پیش کیا ہے، ان کی شکلوں میں اور باتوں میں کس طرح رنگ بھرا ہے۔ پھر جب تم خود کہانیاں بنانے بیٹھو تو تم بھی اس سے ملتے جلتے طریقے استعمال کرو۔

بہت سے چھوٹے بچے تو صرف کہانی سننے کے لیے کہانی سنتے ہیں لیکن بڑے بچے خود اپنی کہانی بنانے میں بھی دلچسپی رکھتے ہیں اور انھیں اپنی دلچسپی پورا کرنے کی کوشش کرنا چاہیے۔

یہ کہانی کس نے لکھی

کہانی اچھی ہو تو یہ بھی معلوم کرنے کا جی چاہتا ہے کہ اسے کس نے لکھا ہے اس کہانی کا لکھنے والا تھا ہنس کرسچین اینڈرسن ۔ دنیا کے بہت سے ملکوں میں بچے اینڈرسن کی بڑے چاؤ سے پڑھتے ہیں۔ اینڈرسن یورپ کے ایک ملک ڈنمارک میں ۱۸۰۵ء میں پیدا ہوا تھا۔ بہت سے لوگ تو ڈنمارک کو صرف اس وجہ سے جانتے ہیں کہ انھوں نے اینڈرسن کی کہانیاں پڑھی ہیں۔ خود ڈنمارک والے بھی اس بات کو سمجھتے ہیں اور انھوں نے اپنی راجدھانی کوپن ہیگن کے بندرگاہ میں ننھی جل پری کا ایک خوبصورت مجسمہ بنا کر لگایا ہے۔

شاید آپ کو یہ معلوم نہ ہو کہ اینڈرسن کی ماں پڑھی لکھی نہ تھی اور اس کا باپ جوتے بنا کر اپنی روزی روٹی کماتا تھا۔ جب اینڈرسن کی عمر صرف گیارہ سال کی تھی اس کے باپ کی موت ہو گئی اور اینڈرسن اسکول چھوڑ کر روزی روٹی کی فکر میں لگ گیا۔ پہلے اس نے کچھ فیکٹریوں میں مزدوری کی۔ پھر تھیٹر میں معمولی گانے گانے لگا۔ لیکن کیونکہ اس نے کسی سے گانا سیکھا نہیں تھا اس لیے اس کو بڑی دشواریاں ہوئیں۔ خوش قسمتی سے اس کو مدد کرنے والے ملتے رہے۔ اس نے ناچ اور گانا سیکھا۔ پھر جب اس کی عمر سترہ سال کی تھی تو اس نے اسکول میں داخلہ لیا۔ جس کلاس میں وہ پڑھتا تھا اس میں کوئی بچہ اس کی عمر کا نہ تھا بلکہ ہر بچہ کم سے کم پانچ سال چھوٹا تھا۔ ہیڈ ماسٹر اس کا مذاق اڑاتا اور اس کی چھیڑ خانی کرتا تھا۔

تیئس سال کی عمر میں اینڈرسن نے اسکول کا آخری امتحان پاس کیا۔

اینڈرسن کو سیکھنے اور کچھ کر کے دکھانے کی جو لگن تھی اس نے آخر میں اس جگہ پر لا بیٹھایا جہاں دنیا کے لوگ اس کی لکھی ہوئی چیزوں کو بڑی دلچسپی سے پڑھتے ہیں اور ان کی بڑی قدر کرتے ہیں۔ اینڈرسن نے گیتوں کے علاوہ کوئی ڈیڑھ سو سے زیادہ کہانیاں لکھیں۔ ان کہانیوں میں ننھی جل پری، بطخ کا بھدّا بچہ، جادوئی چقماق کی ڈبیہ، اور گیارہ ہنس اور ایک شہزادی بہت مشہور ہیں اور ہم نے اس کا ترجمہ بھی چھاپا ہے۔

سنہ ۱۸۷۵ء میں ستّر سال کی عمر میں اینڈرسن کی موت ہوئی۔

بچوں کا ایک دلچسپ اور مہماتی ناول

دوسرا زینہ

مصنف : سراج انور

بین الاقوامی ایڈیشن منظر عام پر آچکا ہے